Le LIVRE de POCHE

Jeunesse

OSCAR,
À LA VIE À LA MORT

BJARNE REUTER

OSCAR, À LA VIE À LA MORT

Traduit du danois
par Jean Renaud

Illustrations :
Pierre Mornet

HACHETTE Jeunesse

L'édition originale
de cet ouvrage a été publiée par Gyldendal, Danemark
sous le titre :
OS TO, OSKAR FOR EVIGT...

Il y a très longtemps
très loin d'ici
dans une des grandes savanes d'Afrique
une bande de lions passait la nuit
sous un baobab à regarder sa cime enchevêtrée
Et c'était comme contempler un autre monde
car aussi loin que l'œil portait
toutes les étoiles du ciel étaient visibles
en une seule pluie frémissante
Et tout à coup un des lions se leva
et secoua sa crinière poussiéreuse
Car comme tu le sais peut-être
les lions d'Afrique peuvent toutes les nuits voir
des images du monde entier
qui se reflètent dans l'obscurité du ciel nocturne
Et voilà que ce lion
aperçut l'image astrale très nette d'un petit garçon
très loin de l'Afrique
Et ce petit garçon avait l'air si mélancolique
que le lion cette nuit-là
prit une soudaine résolution...

1

On est obligé d'entrer dans cette histoire avec un parapluie. Ou en tout cas avec des bottes.

Car le jour où tout a commencé, il pleuvait à verse. Toutes les maisons pleuraient, les réverbères reniflaient et les caniveaux faisaient des rots.

Flic, flac, flic, flac, entendait-on. Mais qu'est-ce que c'était donc ? Floc, floc, floc !

Ah ! ce n'était que Max. Il rentrait de l'école et ne traînait pas en route. On aurait dit qu'il avait quelqu'un à ses trousses. Et pour dire la vérité, Max pensait aussi qu'il était poursuivi.

Mais bien qu'il fût très pressé, il trouva le moyen de s'arrêter au kiosque sur la place du marché, où il acheta pour deux couronnes[1] de pastilles de réglisse. Ça calme les nerfs, disait-il. Dès qu'il avait une ou deux pastilles noires dans la bouche, il se sentait plus courageux. Et du kiosque sur la place jusque chez lui, il n'y avait pas bien loin.

Heureusement, Max était un assez bon coureur. Il ne courait peut-être pas très vite, mais il avait de l'endurance. Il était capable de courir très longtemps sans avoir de point de côté. Un jour, il avait couru si loin qu'il ne retrouvait plus son chemin pour rentrer. Bien sûr ce n'était pas très drôle, mais quand on est poursuivi il est important d'avoir de l'endurance, et c'était justement un autre effet positif des pastilles de réglisse.

Enfin il arriva. Il franchit la porte tout essoufflé et resta quelques secondes appuyé au

1. Couronne : monnaie danoise.

portemanteau pour reprendre sa respiration. Piou, piou, piou, faisait sa poitrine. L'eau dégoulinait de ses vêtements.

Max regarda la flaque qu'il avait faite par terre et poussa un profond soupir en entendant sa mère venir du salon le rejoindre. Elle s'arrêta à un mètre de lui. Croisa les bras et le dévisagea. Ça ne promettait rien de bon.

« Dans quel état es-tu, mon garçon ! dit-elle. Tu es complètement trempé.

— Il pleut, murmura Max. Et j'ai couru tout le long de la route, comme ça on se fait moins mouiller. »

Il enleva son blouson.

« Mais je m'en suis sorti. C'est le principal. »

Sa mère le regarda d'un air de reproche. Max connaissait ce regard-là. Ça signifiait : « Max-enfin ! Tu-n'as-pas-honte-Max ? Grandiras-tu-un-jour-Max ? »

Elle l'aida à accrocher son blouson.

« Il va bientôt falloir qu'on aille à l'école avec un gilet de sauvetage, bougonna-t-il. S'il continue à pleuvoir comme ça. »

Sa mère alla chercher une serviette et lui sécha les cheveux. Elle lui demanda comment ça s'était passé à l'école. Max répondit qu'en gros ça s'était passé comme d'habitude.

« Avez-vous appris une nouvelle lettre ?

— Oui, je crois bien », dit Max en regardant par la fenêtre.

Sa mère le prit par les épaules et le retourna :

« Tu crois bien ? Tu ne suis pas du tout, Max ? »

Max répondit qu'évidemment il suivait.

« C'est important, les lettres, dit sa mère, très important, Max.

— Oui, oui, soupira-t-il, je sais bien. Ça devait être le "o". »

Sa mère le regarda :

« Le "o" ?

— Oui, dit Max. Ô ! Comme dans lion.

— On ne va pas revenir sur cette histoire, hein ?

— Si seulement c'était une histoire », murmura Max en entrant dans sa chambre d'un air las.

Sa mère l'y suivit et se contenta de l'observer un instant.

« Max, regarde-moi ! Faut-il qu'on reparle

de toutes ces bêtises ? Je croyais qu'on avait discuté raisonnablement hier. Ton père, toi et moi.

— Ce ne sont pas des bêtises », dit Max en regardant au plafond l'endroit où il avait collé un portrait de Galilée avec du ruban adhésif.

Le vieil astronome de Pise tenait un rouleau de papier d'une main et une longue-vue de l'autre. Il paraissait bien seul, le vieux Galilée. Max l'aimait beaucoup et il y avait belle lurette qu'il avait lu toutes les pages qui le concernaient dans la grosse encyclopédie.

« Je crois qu'il vivait de raisin noir et de fromage », dit Max.

Sa mère vint s'asseoir sur le bord de son lit.

« Qui est-ce qui vivait de raisin noir et de fromage ?

— Galilée !

— On n'était pas en train de parler de lui, Max. »

Max s'allongea en lui tournant le dos.

« En fait, Galilée a découvert quatre des lunes de Jupiter », murmura-t-il.

Sa mère se mit à rire, lui fit faire un demi-tour et l'embrassa sur la joue.

« Bon, dit-elle, mais rappelle-toi ce que tu as promis hier. Plus d'histoires !

— Mais ce ne sont pas des histoires ! s'écria Max en se redressant sur le lit. Il est là tous les jours quand je sors de l'école. Et un jour je n'y arriverai pas. Il m'attrapera et me dévorera. J'en suis sûr.

— Mais tu réussis toujours à aller acheter des pastilles de réglisse, dit sa mère avec un petit sourire. Tu n'es pas si pressé que ça, malgré tout.

— Il s'en est fallu de peu », dit Max tout bas.

Sa mère se leva et alla dans la cuisine chercher du lait chocolaté. Max en buvait en effet toujours une grande tasse quand il rentrait de l'école.

Aujourd'hui, il y avait une paille dedans.

Une fois qu'il eut pris son lait chocolaté, sa mère lui dit qu'à partir de maintenant il ne devrait plus être question de ces histoires de lion.

« C'est facile à dire, répondit Max. Ce n'est pas après toi qu'il en a.

— Mais enfin, un lion, Max ! (Sa mère

roula de gros yeux.) Je ne comprends pas. Toi qui es si doué, qui comprends des tas de choses, qui lis toi-même dans l'encyclopédie. Je ne comprends vraiment pas. Qu'est-ce qu'ils disent, les autres ?

— Je ne leur en ai pas parlé. Il n'y a pas de raison de les effrayer. Tu imagines la panique ! »

Sa mère éclata de rire et lui ébouriffa les cheveux.

« Tu en as de bonnes !

— C'est un lion mâle, reprit Max, les yeux au plafond. Énorme. Peut-être qu'il habite dans le parc. »

Sa mère se leva et revint avec leur atlas.

« Regarde ! dit-elle. Dans ce livre, tu as tous les pays du monde. Cette petite excroissance là-haut, c'est le Danemark.

— Oui, oui, dit Max. Je sais tout ça ! Et si on veut prendre le bus pour aller en Afrique, il faut acheter au moins une vingtaine de carnets de tickets, mais ça ne sert à rien de toute façon.

— Mais regarde donc un peu comme c'est loin, Max ! »

Sa mère referma le livre en soupirant et se leva. Arrivée à la porte, elle dit :

« Les lions vivent en Afrique. En Afrique, Max. »

Max mit ses mains sous sa tête et leva les yeux vers le vieux Galilée.

« Oui, oui, murmura-t-il. Va donc lui dire ça ! »

Au même moment, on sonna à la porte.

C'était Benny, le meilleur ami de Max.

Benny était dans la même classe que lui et il avait les nerfs fragiles. Lui aussi mangeait quantité de pastilles de réglisse tous les jours.

Cinq minutes plus tard, ils étaient installés dehors, dans le jardin, sous le grand pommier dénudé. Max avait emprunté le parapluie de sa mère.

Ils discutaient des difficultés de la vie et ils avaient tous les deux le tour de la bouche très noir.

« Ce qui est terrible avec les parents, dit Max, c'est qu'ils ne comprennent rien à rien. On dirait qu'ils s'en fichent complètement. Si seulement j'avais une sœur ou un frère pour me soulager un peu... Mais je suis tout seul. »

Benny hocha la tête d'un air entendu et lui donna une petite tape sur le bras. Max lui lança un coup d'œil. Il était le seul à savoir que Benny était gravement malade. Une maladie très bizarre. Car même si Benny apportait tous les jours à l'école un paquet de tartines de la taille d'un sac à dos, et s'il était le meilleur de la classe pour jouer à la balle au prisonnier, au foot et à celui qui crache le plus loin, il était très gravement malade.

« Je crois malheureusement que je n'en ai plus pour bien longtemps, lui avait dit Benny la semaine précédente. Je ne tiendrai peut-être même pas jusqu'à Mardi gras, Max. Je sens ça.

— Au fait, est-ce que tu as décidé où tu veux être enterré ? » demanda Max en regardant dans le sachet les quatre dernières pastilles, qu'il préférait garder pour plus tard dans la soirée.

Benny dit que ça dépendait de beaucoup de choses. Et surtout de ses parents, qui devraient financer au bout du compte.

Max hocha la tête d'un air grave, même s'il ne savait pas ce que « financer » voulait dire.

Benny connaissait des tas de mots savants

parce qu'il les notait pendant que son père et sa mère regardaient le journal télévisé.

Quelques jours avant, ils étaient passés devant la vitrine du marbrier et ils avaient regardé les pierres tombales. Benny préférait les polies, avec des colombes.

« Avec tout plein de colombes, dit-il. C'est ce qu'il y a de plus... esthétique.

— Je trouve les croix plus... esthétiques, fit Max en se promettant de demander à sa mère ce que signifiait ce mot-là.

— Ce qui m'inquiète le plus, reprit Benny, c'est que notre médecin est un incapable. Mon père dit que les médecins vont à l'école pendant sept ans et connaissent l'encyclopédie médicale par cœur. Et malgré tout il prétend que je suis en pleine forme. Il n'est peut-être pas médecin, mais boucher. Je trouve que sa blouse a quelque chose de bizarre. »

Max hocha la tête tout en grattant la mousse sur le banc vert.

« La maladie nous guette tous, continua Benny. Et un jour, je rendrai tout bonnement les clés. »

Max leva les yeux vers son copain :

« Qu'est-ce que tu vas faire ?

— Rendre les clés, répondit Benny. Mourir, crever, clamser. Peut-être au beau milieu d'une nouvelle lettre. Boum, terminé. Il faudra que Mouritz et toi, vous me portiez jusqu'à la maison. Je ne veux pas qu'une des filles me touche. Mis à part Doris, elle sent très bon. »

Max hocha la tête.

« Tu devrais peut-être le noter, Max, dit Benny.

— J'ai pensé que ça serait peut-être une bonne idée si on t'enterrait sur le terrain de foot », fit Max qui savait que Benny adorait le football.

Mais Benny secoua la tête, l'air désolé. Il ne pensait pas qu'on puisse jouer au foot avec une grosse pierre tombale au milieu du terrain. Pleine de colombes.

Max s'en rendait bien compte, et c'est précisément cet après-midi de février, précisément sur ce banc vert sous la pluie battante, qu'il parla à Benny du lion qui le poursuivait.

« J'ignore si tu l'as vu, Benny ? » demanda-t-il prudemment.

Benny pensait que non. Autrement il s'en souviendrait.

« Je ne sais pas ce qu'il y a de pire, dit Max. Ta maladie ou mon lion. Peut-être que ça finira pareil. On rendra les clés tous les deux.

— Alors on se retrouvera au ciel », fit Benny en soupirant.

Max réfléchit un peu mais finit par faire non de la tête.

« Je ne crois pas que tu puisses y compter, Benny, dit-il. Pense que j'aurai quand même été dévoré. Transformé en chair à pâté dans le ventre du lion. Tu imagines, un peu de chair à pâté avec des ailes ? »

Benny secoua la tête en disant que sa tante prétendait que tous les hommes, après leur mort, ressuscitaient sous une tout autre forme. Lui-même était d'avis qu'il reviendrait sur terre comme commandant du ferry *Hundested-Rørvig*.

« Tandis que toi, Max, c'est sûrement en salade de jambon que tu revivras. »

Plus tard dans la soirée, alors que Benny était rentré chez lui depuis longtemps et que

Max avait regardé le journal télévisé avec ses parents, ceux-ci l'envoyèrent au lit comme d'habitude.

Max était dans sa chambre avec son père, qui venait tout juste de refermer le gros livre de contes pour le soir.

« Ça va, à l'école ? dit son père.

— Je trouve que ça va très bien », répondit Max.

Son père lui demanda s'il levait souvent le doigt.

Max le regarda avec hésitation, puis hocha vivement la tête.

Son père sourit.

« C'est bien, fiston, dit-il. Il s'agit de s'accrocher. Allez, dors bien, mon petit ! »

Max se blottit sous sa couette :

« Tu laisses la lumière allumée, hein ? » dit-il.

Son père soupira :

« Max, tu as sept ans. Et quand on a sept ans, on est un grand garçon. Et quand on est un grand garçon, on ne dort pas avec la lumière allumée.

— Oui, mais je n'aime pas rester dans le

noir, dit Max. C'est la nuit que les lions chassent. Tu savais ça, papa ? »

Son père se rassit au bord du lit en disant qu'il en était bien conscient, mais que, pour autant qu'il sache, les lions vivaient dans la savane. En outre, il fallait penser à la facture d'électricité.

Après quoi il l'embrassa en lui souhaitant une bonne nuit, éteignit la lumière et partit dans le salon.

Max se mit à réfléchir.

D'abord il pensa à l'école.

Puis il pensa à Benny. Si jamais il rendait les clés. Alors Max et Mouritz devraient le porter jusque chez lui. Max décida qu'il le prendrait par les jambes. Benny avait en effet une grosse tête.

Max pensa aussi un peu à Galilée et à la facture d'électricité. Mais pour finir, c'est aux grandes savanes d'Afrique et aux gros lions qui chassent dans l'obscurité qu'il pensa.

Dans le salon, il entendait de la musique en sourdine. Ses parents passaient une bonne soirée. La facture d'électricité ne concernait peut-être pas le salon.

« Ce n'est pas drôle d'être tout seul », pensa Max en tirant la couette jusqu'au-dessus de son nez et en étendant les jambes.

Lentement il ferma les yeux, mais il les rouvrit très vite. Dans la chambre, il faisait noir comme dans un four, mais ses orteils avaient senti quelque chose au bout du lit. Max retira ses pieds en un éclair et regarda fixement au plafond pour essayer d'apercevoir Galilée. Ses pensées se bousculèrent dans sa tête : il y avait bien quelque chose d'anormal au bout du lit. Quelque chose qui n'avait pas l'habitude de se trouver là. Quelque chose de... poilu.

Max avança un orteil et retoucha la chose poilue. Puis il enleva aussitôt son pied. Ils lui avaient peut-être acheté une nouvelle couverture de laine. Il tâta encore. Ça n'y ressemblait pas. Les couvertures n'ont pas autant de poils. Il y avait aussi quelque chose de dur à l'intérieur. « Je vais être obligé d'allumer », se dit-il en tendant le bras. Il trouva le petit bouton et la pièce baigna peu après dans la lumière rouge de la veilleuse représentant Ole Ferme-l'œil[1]. Mais Max ne vit rien. Car à la seconde même où la lumière s'alluma, il ferma les yeux. Bien sûr, il voyait que c'était éclairé, parce que ses paupières étaient tout orangées, mais il ne voyait rien d'autre. S'il y avait quoi que ce soit dans sa chambre, il était maintenant à sa merci. Tout le temps qu'il fermait les yeux.

Max attendit longtemps, longtemps, et finit par avoir vraiment mal aux paupières. Il les entrouvrit prudemment. Tout était flou. Comme quand il fait très chaud en été. Ou comme dans la chaleur de midi des savanes africaines. Il ouvrit les yeux un cran de plus, les referma et plongea sous sa couette. « Mon cœur, pensa-t-il, mon cœur emplit toute ma poitrine. Et où est ma voix ? J'aurais dû hurler. »

Il était tout recroquevillé et tremblait. Ce n'était pas possible. Mais c'était vrai. C'était tout simplement vrai. Il y avait effectivement un énorme lion assis au pied de son lit. Et non seulement ça, mais le lion le dévisageait. Et aussi, sauf erreur, il riait un petit peu. Dans la

---

1. Au Danemark, le marchand de sable s'appelle Ole Ferme-l'œil. Il apparaît dans un conte d'Andersen.

mesure où les lions sont capables de rire, mais c'est ce qu'ils font sans doute, juste avant de manger.

Au même moment, on aurait dit que quelqu'un se raclait la gorge.

Max ouvrit les yeux. Est-ce que ça pouvait être le lion qui se raclait la gorge ?

Le lion le regarda en face.

« Tu vas mmm'manger... maintenant ? » demanda Max avec une toute petite voix.

Il ne savait pas pourquoi il posait une question aussi bête, mais elle lui échappa des lèvres.

Le lion le regardait paresseusement, soudain, il se mit à contempler sa patte et secoua la tête.

Max écarquilla les yeux. Et se redressa d'un seul coup dans son lit. Le lion comprenait ce qu'il avait dit. *Il comprenait ce qu'il avait dit !*

C'était peut-être une coïncidence. Il ne pouvait peut-être pas s'y fier. Les lions secouaient peut-être la tête avant de se jeter sur leur proie.

« Euh... tu ne devrais pas... être en Afrique en ce moment ? » risqua Max dans un murmure.

Le lion le regarda à nouveau paresseusement.

« Dans la savane avec tous les autres lions ? »

L'énorme animal haussa les épaules.

« Peut-être », dit-il.

Max en eut des frissons, il louchait presque à force de l'observer. Dieu du ciel, la bête parlait ! Mais c'était impossible. Les lions ne parlent pas. « Je suis peut-être devenu débile », pensa-t-il. Quelques mois avant, il avait entendu son père dire que les comptes le rendaient débiles. Max lui avait demandé ce que ça signifiait.

« On en perd l'esprit, la raison, et son argent, avait répondu son père. Et pour finir on se fait enfermer, et là on peut rester entre quatre murs à dire des choses bizarres et à tirer la langue. »

Max se pinça le bras pour être plus sûr. Aïe ! ça faisait mal. Il était donc éveillé. C'était nettement plus difficile de déterminer s'il était vraiment devenu débile. Le débile ne sait peut-être pas qu'il est débile. Ce sont peut-être seulement les autres, pensa Max, ceux de la famille du débile, qui sont capables de le remarquer.

Il observa attentivement le lion. Il avait peut-être mal entendu. C'était peut-être son imagination. Sa mère lui avait souvent dit : « Mon Dieu, Max, tu as trop d'imagination ! » Sur le même ton que lorsqu'elle disait : « Écoute, Max, tu as mis trop de jus de fruits dans ton verre ! » Les débiles étaient peut-être des gens avec trop d'imagination. Et avec trop de jus de fruits dans leur verre.

« Comment as-tu appris... à parler ? » demanda-t-il alors, en espérant au fond de lui-même que le lion allait bientôt gronder et se comporter en vrai lion, mais de préférence en lion rassasié. « Je veux dire, ajouta-t-il, que les lions ne parlent pas.

— Qui raconte ça ? » grogna le lion.

Max ravala sa salive. Ça ne faisait plus aucun doute. Le bougre parlait bel et bien.

« Mon maître dit que... »

Max s'arrêta net. En réalité, son maître n'avait jamais mentionné que les lions ne parlaient pas. Ce n'était d'ailleurs pas nécessaire. L'idée était plus ou moins dans l'air, comme on dit. Si un jour Max avait levé la main pour demander si les lions parlaient, tous les autres auraient éclaté de rire. Et ils l'auraient peut-être traité de débile à la récré.

« Mes parents disent que vous... que tu... que les lions vivent en Afrique, expliqua-t-il alors.

— C'est vrai, soupira le lion. Pour certains d'entre nous. Mais je suis différent, comprends-tu ? J'étais – comment dire ? – fatigué de cette vie-là. Jour après jour, toujours la même chose. Les zèbres étaient devenus la routine. »

Max se redressa complètement dans son lit.

« Les zèbres étaient devenus la routine ?

— C'est bien ce que je dis, non ? fit le lion. En fait, ils sont tous pareils en définitive. Quand on a vu un gnou, on les a tous vus. Il n'y a pas de quoi en faire tout un monde. »

Max remarqua que sa respiration se calmait. Non pas qu'il se sentait en sécurité, loin de là. Il avait seulement le sentiment qu'un lion capable de venir d'Afrique et, qui plus est, de parler, avait peut-être perdu l'habitude de dévorer les autres.

« Euh, je m'appelle Max », dit-il.

Le lion hocha la tête et lança un vague regard de côté.

« Voyez-vous ça ? dit-il. Moi, je m'appelle Francesco Aribaldi Simbaleone, du nom de mon grand-père prénommé Willy. Mais tu peux m'appeler Oscar.

— Oscar, répéta Max.

— Oui, Oscar, dit le lion. Mais c'est peut-être trop compliqué.

— Euh, non, non, pas du tout... euh, Oscar. »

Max avait les yeux fixés sur la petite table de nuit rouge, avec le livre de contes pour le soir, la trousse et le sachet de pastilles de réglisse. Il en aurait eu bien besoin d'une maintenant. Il savait qu'il en avait gardé une poignée pour le cas où il se réveillerait pendant la nuit. Mais... le sachet était vide.

Il regarda le lion, qui regarda ses griffes. Max était sûr de son affaire. Il en restait quatre, il en était sûr. Et ce n'était pas son père. Donc ça devait... ça devait être... le lion.

« Euh... tu n'aurais pas vu par hasard... des

pastilles toutes rondes avec du sucre dessus... là sur la table, peut-être ? »

Le lion continua à le regarder paresseusement.

« Je ne les retrouve pas, ha ha !...

— C'est sans doute parce que je les ai mangées », répondit tranquillement le lion.

Max le dévisagea.

« Ah bon ! dit-il. Je n'arrivais pas à comprendre où elles étaient passées. Elles ne disparaissent pas toutes seules. Mais comme ça, l'affaire est... éclaircie, ha ha ha ! Alors... tu... les as mangées, oui, oui. Tu n'en aurais pas laissé une toute petite... par hasard ?

— Non, je les ai toutes mangées, toutes les cinq », répondit le lion.

Max le dévisagea.

« Tu veux dire... toutes les quatre, dit-il.

— Je veux dire toutes les cinq, reprit le lion. La dernière n'avait pas le même goût que les autres. »

Max regarda sur sa table de nuit, où le sachet vide était posé à côté du livre de contes et de la trousse. Il manquait la petite gomme ronde. Puis il regarda attentivement le lion.

« Eh bien, tu as sans doute raison, dit-il. Il devait rester cinq pastilles de réglisse. »

Le lion hocha la tête.

« Seulement le problème, c'est que j'ai encore faim », dit-il.

Le sang de Max ne fit qu'un tour. « Cette fois ça y est, pensa-t-il. Il va me manger. D'abord un brin de causette et puis on mange. Comme ça je vais rejoindre les quatre pastilles et la gomme. Je rends les clés. De la chair à pâté avec des ailes. » Il s'imagina à la porte du paradis, où saint Pierre se tenait avec ce que Benny appelait le fer à souder. Tous les morts, oui, y compris Benny, étaient en rang d'oignons et tout au bout il y avait cent grammes de salade de jambon.

« Bon, grommela le lion. Tu ne peux pas aller chercher de quoi manger un peu... Max ?

— De... de quoi manger ? » bégaya Max en pensant un court instant à sa mère et à son père. Si le lion l'obligeait à le servir. Le père à la casserole et la mère à la poêle. Bien épicés.

« Qu'est-ce que vous avez eu à dîner ? » demanda le lion.

Max tressauta.

« À dîner ? Eh bien, on a eu, oui, qu'est-ce qu'on a eu ? Je crois qu'on a eu des steaks hachés, sans épices.

— Hum, grommela le lion. Crois-tu qu'il en reste ? Ou les avez-vous tous mangés ? »

Max écarta les bras.

« Il en reste peut-être... quelques-uns, répondit-il.

— Et si tu allais en chercher deux ou trois pour Oscar ? » suggéra le lion en riant.

Max hocha la tête avec soulagement et fit glisser ses jambes hors du lit.

« Bien sûr... bien sûr, Oscar, dit-il. Du moment que tu... euh... restes ici. Je ne suis pas sûr que mes parents comprendraient...

— Allez, file, Max ! grogna le lion. Je ne bougerai pas d'ici. »

Max sortit dans le couloir. Ils écoutaient de la musique dans le salon. Vite, il se faufila jusqu'à la cuisine et ouvrit doucement le frigo.

Il prit l'assiette de steaks hachés et retira le papier sulfurisé. Il en restait cinq.

« C'est toi, Max ? »

Il fit un bond. C'était sa mère. Un instant,

il envisagea de cacher les steaks sur son ventre, mais ce ne serait sans doute pas très appétissant, ni pour lui ni pour le lion.

Aussitôt après, la lumière s'alluma. Sa mère se tenait devant lui. Elle avait l'air souriante et sévère à la fois.

« Euh, oui, j'ai pour ainsi dire une petite faim, dit Max en tripotant l'assiette.

— On mange pendant les repas, gronda sa mère.

— Oui, mais j'ai tellement faim. »

Elle poussa un soupir résigné.

« Bon, d'accord, je vais te faire une tartine avec du fromage.

— Ce n'est pas la peine, s'empressa-t-il de répondre. Je préfère de loin deux ou trois steaks hachés. »

Son père les rejoignit.

« Bon sang, Max ! Tu veux souper ? »

Max expliqua encore une fois qu'il avait faim.

Son père dit que c'était très mauvais pour la santé de manger entre les repas et il lui suggéra de boire une grande tasse de lait chaud.

« Tu peux prendre *un* steak haché, lui accorda sa mère.

— Mais... je crois que je suis capable de les manger tous, dit Max. Je meurs vraiment de faim. »

Ses parents se regardèrent. Max en profita pour s'éclipser de la cuisine et il entendit tout juste sa mère ajouter :

« Je viendrai te dire bonne nuit quand tu les auras mangés. »

Max dut revenir dans la cuisine.

« Ce n'est pas franchement la peine, dit-il. Je m'endormirai certainement aussitôt. »

Son père lui souleva le menton.

« Il y a quelque chose qui ne va pas, Max ?

— Qui ne va pas ? Non, qu'est-ce qui n'irait pas ?

— Tu as l'air tellement bizarre.

— Je dois seulement être fatigué », dit Max en se dépêchant de ressortir dans le couloir.

Il s'encadra dans la porte avec l'assiette et referma d'un coup d'épaule. Puis il écarquilla les yeux. Le lion n'était plus assis au pied du lit, il était couché et se prélassait.

« Tu as eu des problèmes ? demanda-t-il.

— Non, pas vraiment, répondit Max. C'étaient seulement mes parents. Ils estiment qu'on doit manger pendant les repas.

— Oui, c'est toujours problématique, les repas », soupira le lion.

Max lui tendit les cinq steaks.

« Tiens », dit-il.

Il regarda le lion qui se soulevait un peu et raclait le steak du dessus de l'une de ses longues griffes.

« Qu'est-ce que c'est que ça ? demanda le lion.

— Ça, quoi ?

— Ce qu'il y a là-dessus.

— C'est sûrement des oignons, répondit Max.

— Bon, alors laisse tomber, bougonna le lion. Je ne mange pas d'oignons.

— Mais c'est pourtant bon, les oignons, dit Max. Et c'est drôlement sain.

— Écoute, Max. Regarde-moi ! Ai-je l'air d'un herbivore ? Non, hein ? Regarde un peu mes dents ! »

Le lion ouvrit sa gueule. Max contempla avec terreur ses quatre grosses canines.

« Ont-elles l'air d'être faites pour mâcher des oignons, Max ?

— On ne peut pas prétendre ça », bégaya Max.

Le lion approcha sa tête tout contre lui.

« Elles sont faites pour déchiqueter, broyer, taillader et arracher la viande, le cartilage, les nerfs et les os. Tu me suis, Max ? »

Max répondit qu'il suivait très bien. Pendant ce temps-là, le lion poussa l'assiette de côté.

« Il faut que tu essaies de comprendre, Max, que là-bas, chez moi, on ne s'amuse pas non plus, nous les lions, à saler et poivrer les gazelles, hein ? »

Max ravala deux fois sa salive et dit qu'il comprenait parfaitement. Ce serait d'ailleurs beaucoup trop compliqué. Mais il allait tout de suite ôter les oignons si Oscar le souhaitait.

« Bon, bon », soupira le lion en se retournant sur le dos.

Sur ce, Max enleva les oignons un par un et les jeta dans la corbeille à papier.

« Voilà, dit-il. Maintenant tu peux les manger. »

Le lion examina les steaks.

« Qu'est-ce que c'est que ça ? » fit-il d'un air critique.

Max soupira et ôta un dernier petit bout d'oignon, après quoi le lion s'empara de l'assiette et ingurgita tous les steaks.

« Oui, oui, dit-il, mais ils ne remplissent pas grand-chose, on tâchera d'y remédier demain. C'est qui, le vieux qui est accroché au plafond ? »

Max s'assit sur le bord du lit. Il commençait à se sentir un peu fatigué.

« C'est Galilée, répondit-il en bâillant.

— Hum, dit le lion. C'est ton grand-père ? »

Max sourit, mais se reprit aussitôt :

« Non, Galilée était un célèbre astronome. Il a découvert que c'était la Terre et non pas le Soleil qui se déplaçait. Les autres l'ont pris pour un débile et mis en prison.

— Bon sang, dit le lion, qu'est-ce que ça a d'extraordinaire ? Nous, on sait ça depuis des années. »

Au même moment, Max entendit les pas de sa mère dans le couloir.

« Ma mère, gémit-il. Vite, Oscar ! Il faut te cacher. »

Max ouvrit en vitesse la porte du placard et montra le fouillis.

« Tu veux vraiment que j'entre là-dedans ? demanda le lion.

— Oui, mais dépêche-toi ! » murmura Max en écartant une vieille paire de patins à roulettes.

Le lion soupira et pénétra dignement dans le placard.

Au même moment, la mère de Max tourna la poignée. Il mit un pied devant la porte.

« Max ! cria-t-elle.

— Une minute, maman...

— Qu'est-ce que tu fais ? Je n'arrive pas à ouvrir la porte. »

« Je suis en train de fourrer un lion dans le placard », pensa Max en poussant le lion par-derrière. Puis il claqua la porte du placard et ôta vite son pied de celle de la chambre. Sa mère faillit tomber la tête la première.

« Dis-moi, que se passe-t-il ici ?

— Rien », dit Max en sautant sur son lit.

Sa mère jeta un regard soupçonneux autour d'elle.

« C'est toi qui bloquais la porte ?

— Je crois qu'elle frotte », marmonna Max, qui s'enfonça sous sa couette en apercevant la queue du lion qui dépassait du placard.

En fait, elle arrivait juste entre les deux pieds de sa mère. Max ferma les yeux et mordit dans la housse de la couette.

Heureusement, sa mère vint s'asseoir au bord du lit.

« Oh ! tu veux bien éteindre la lumière, s'empressa-t-il de dire. Le noir c'est mieux, surtout pour la facture d'électricité.

— As-tu encore fait de mauvais rêves, Max ?

— Oui, ils étaient assez mauvais, murmura-t-il. Bonne nuit, dors bien, embrasse papa ! »

Sa mère le regarda attentivement.

« C'était encore ce lion ?

— Ce lion ? Non, pourquoi... pourquoi ça ? » bégaya-t-il.

Sa mère poussa un soupir et lui demanda s'il fallait qu'elle lui lise quelque chose.

« Ce n'est pas la peine », répondit-il résolument en éteignant la lumière.

Il distinguait sa mère dans l'obscurité. Elle examinait la chambre tout en lui caressant le front.

« Il va falloir que tu fasses un peu de rangement, dit-elle tout bas. Tout traîne par terre. »

Il la vit se baisser. Max se mordit les doigts.

« C'est la voiture que tu as eue à Noël ?

— Euh, oui, murmura-t-il. (Il prit la voiture et la posa sur la table.) Bonne nuit, maman, dors bien ! »

Sa mère se baissa à nouveau.

« Mais qu'est-ce que c'est que ça ? »

Max se redressa d'un bond, les yeux rivés au sol, à l'endroit où sa mère venait de ramasser la queue du lion.

« Ça, euh... Ça, euh... c'est un nouveau truc pour jouer. C'est... euh... Benny qui me l'a prêté.

— Un truc pour jouer ? Comment vous en servez-vous ? Avec cette houppe au bout ?

— Eh bien, on... on le fait tourner... oui, tourner...

— Il est fait en quoi ? Allume un peu la lumière, Max ! »

Sa mère tira sur la queue.

« Franchement, dit Max, je suis mort de fatigue.

— D'accord. Glisse-toi bien sous ta couette ! Bonne nuit, mon chéri. »

Sa mère se leva enfin et quitta la pièce.

Mais tandis qu'elle refermait la porte, le lion jaillit du placard dans un fatras de patins à roulettes, de raquettes et de cintres en plastique.

Max bondit hors du lit et, retenant sa respiration, il lui fit signe de ne pas faire de bruit. Heureusement, sa mère était partie.

« Je vais te dire une chose, Max, dit le lion en se débarrassant d'un tuba. Tu ne me referas pas ce coup-là ! Qu'est-ce que c'est que ça ? »

Max regarda le boudin vert que le lion tenait devant lui.

« Ça ressemble à mon vieux sac de couchage, répondit-il.

— Magnifique ! dit le lion. Comme ça tu n'auras pas froid. »

Puis il se jeta sur le lit de Max et s'enveloppa dans la couette.

« J'ai peut-être droit à un petit conte saugrenu, non ? », fit-il en claquant la langue de satisfaction et en se tournant sur le côté.

2

Lorsque Max rentra de l'école avec Benny le lendemain, il avait encore envie de dormir. Il avait eu une nuit agitée. D'une part parce que le lion clappait de la langue dans son sommeil, et d'autre part parce que Max avait dû aller lui chercher de l'eau quatre fois. C'est aussi la raison pour laquelle il leur fallut s'arrêter au kiosque sur la place du marché pour acheter une double portion de pastilles de réglisse, après quoi ils firent un tour dans le parc, pour se calmer un peu les nerfs, comme disait Benny.

Max n'avait pas dit grand-chose jusqu'à présent. En fait il avait tout le temps de discuter sérieusement avec son copain puisque Benny et lui, cet après-midi-là, distribuaient le journal paroissial. Ça leur prenait généralement trois heures et ils avaient l'habitude de se servir d'un vieux landau pour jumeaux que Benny s'était procuré et qui pouvait contenir tous les journaux.

Max regarda son vieux copain et pensa brièvement à la petite Indienne Awori, dont Benny lui avait montré l'image à la grande récré. Awori portait un pantalon rouge bouffant et avait une tache jaune sur le front.

« Elle n'est pas de ce monde, avait soupiré Benny en remettant l'image dans sa trousse.

— Pourquoi a-t-elle cette tache sur le front ? avait demandé Max.

— C'est du chewing-gum, répondit Benny. L'image vient d'une publicité indienne pour Dandy. Quand je saurai écrire de façon lisible, je lui enverrai une lettre. Peut-être qu'alors on aura tout le chewing-gum qu'on voudra. D'un tout autre monde. »

Max hocha la tête, soupira et prit une pastille.

« J'ai aussi quelque chose, murmura-t-il, d'un tout autre monde... »

Benny demanda si c'était éventuellement quelque chose qui se mangeait, ou bien si c'était un nouveau médicament.

Max secoua la tête et s'approcha tout contre lui.

« Benny, dit-il, est-ce que je peux te faire confiance ?

— Ça alors, mon vieux, je suis au bord de la tombe et tu me demandes une chose pareille ! Depuis combien de temps est-ce qu'on se connaît ?

— Désolé, Benny, dit Max un peu gêné, mais écoute-moi : Tu te rappelles... le lion dont je t'ai parlé ?

— Tu veux dire celui qui t'attendait à la sortie de l'école et que personne d'autre que toi n'a vu ?

— Exactement », dit Max.

Benny hocha la tête en disant qu'il s'en souvenait bien. En tout cas, il se souvenait que Max l'avait mentionné.

« Bon, dit Max en offrant à Benny une pastille de réglisse supplémentaire. Ce lion... ce lion est chez moi, dans mon lit. »

Benny avala alors la pastille de travers, toussa, bafouilla, leva les bras en l'air, devenant tantôt tout rouge, tantôt tout bleu. Max en fut très inquiet et se dit que ça se passait sans doute comme ça quand on rendait les clés.

Benny le regarda avec de grands yeux :

« Mais tu es complètement cinglé ? Ça ne te suffit pas que j'aie les nerfs fragiles ? Il faut aussi que tu me fasses subir ce genre de choses alors que je suis au bout du rouleau ? Toi, Max. Toi qui figures en numéro trois sur mon testament pour hériter de la boîte à pilules jaune qui vient de Himmelbjerg.

— Désolé, Benny, mais... »

Benny s'allongea sur le banc.

« Je crois, dit-il les yeux hagards, que tu m'as porté le coup de grâce.

— Où ça ? » demanda Max en le regardant.

Benny se redressa en un éclair :

« On ne porte pas le coup de grâce à un

endroit précis, dit-il en faisant la grimace. C'est un coup... un coup qu'on ne voit pas, parce que c'est quelque chose de psyfique. »

Max aimait bien être avec Benny, la seule chose qu'il n'aimait pas, c'était que Benny employait tellement de mots difficiles qu'il était toujours obligé de lui poser des tas de questions. Par exemple, il ne savait pas ce que « psyfique » voulait dire.

« C'est quelque chose qu'on peut seulement ressentir, lui expliqua Benny. Quelque chose qui se passe à l'intérieur des gens. Complètement à l'intérieur, Max, là où se trouve l'âme. Et l'âme, comme tu sais peut-être, c'est un tout petit bout de plastique au milieu de ton cerveau, et si elle reçoit le coup de grâce, alors c'est cuit. Tu as mangé ta dernière tartine de chocolat, Max. C'est fini. Le sirop pour la toux ou les cachets pour le mal de tête n'y font plus rien. Tu te laisses glisser pour de bon. »

Max hocha tristement la tête et offrit à Benny sa dernière pastille.

Benny la prit sans rechigner.

« Évidemment, on peut chercher de l'aide, poursuivit-il. Auprès de quelqu'un qui s'y connaît. Un psyfologue. Mais ce n'est pas sûr que ça marche. »

Benny s'allongea à nouveau sur le banc. Cette fois-ci, la main sur les yeux.

« Franchement..., dit Max.

— Pas si fort, Max, dit Benny, pas si fort... »

Max se rapprocha de lui.

« Franchement, Benny, chuchota-t-il. Ce n'était pas pour te donner un coup sur ton bout de plastique, mais je ne peux plus garder ça pour moi tout seul.

— Garder quoi ?

— Mon secret. »

Benny déplaça sa main et leva les yeux vers Max.

« Quel secret ? »

Max croisa les mains et fixa la route.

« Qu'il y a un lion chez moi dans mon lit. »

Un long moment s'écoula, puis Benny se redressa en poussant un profond soupir. Il resta longtemps à regarder les voitures. Enfin il passa le bras autour de Max :

« Écoute, Max, dit-il. C'est normal, tous les enfants racontent qu'ils sont poursuivis par des trolls, des loups-garous ou des moines bourrus. Personnellement, je n'ai jamais rencontré de moine bourru, mais je peux t'assurer que ma mère en a vu, et même plusieurs fois.

— C'est vrai ? » gémit Max.

Benny hocha solennellement la tête.

« Je l'ai entendue raconter ça à ma tante. Apparemment, mon père leur ressemble de temps en temps. Et ma mère n'apprécie pas. Je le remarque à sa voix quand elle dit : "Et crois-moi, Carl était encore bourré comme un moine hier soir !" Alors on ne peut pas le nier, Max. Je trouve normal aussi que ma sœur refuse de dormir parce qu'elle dit qu'il y a des grosses bêtes sous son lit. C'est normal. Pourquoi est-ce qu'elle coucherait sur une alèse sinon ? Mais quand les enfants commencent à prétendre que les bêtes sautent sur leur couette, là je décroche. Je décroche tout bonnement, Max.

— Mais, Benny...

— Ça suffit, Max. Je suis encore un peu secoué. D'ailleurs, je ne te comprends pas. Tout ce chiqué à propos de ce lion. Pourquoi est-ce que tu ne peux pas avoir les nerfs fragiles comme tout le monde ? Peut-être pas autant que moi, mais juste les nerfs normalement fragiles. Un petit coup sur ton bout de plastique de temps en temps. Tu n'as jamais mal quelque part ? »

Max expliqua qu'il lui arrivait d'avoir la gorge un peu irritée, mais Benny trouva ça insuffisant.

Peu après, il dut rentrer à la maison se reposer et reprendre des forces, afin de pouvoir faire la distribution du journal paroissial dans l'après-midi. Ils s'étaient donné rendez-vous chez Max, et Benny devait penser à prendre le landau pour jumeaux.

Max s'en retourna ensuite chez lui et, chemin faisant, il se dit que la vie n'était malgré tout pas si facile. Et que c'était dur de grandir. Petits enfants, petits problèmes ; grands enfants, grands problèmes, comme disait sa mère. Ce n'était pas faux. D'un autre côté, il n'avait plus besoin de courir tout le long du chemin pour rentrer, et c'était toujours ça. Maintenant qu'Oscar se prélassait chez lui dans son lit, il n'avait plus à avoir peur en sortant de l'école.

Max soupira, en espérant que le lion était bien resté dans la chambre, que, pour plus de sûreté, il avait fermée à clé avant de partir. On ne sait jamais : si sa mère était prise d'une crise et décidait de passer l'aspirateur ou quelque chose comme ça...

Dix minutes plus tard, il était devant sa maison. Rien n'avait changé. Le store de sa chambre était baissé. Tout avait l'air normal.

Oscar dormait quand Max s'était levé.

Max pénétra dans l'entrée.

« Bonjour, je suis rentré ! » cria-t-il.

D'ici peu sa mère viendrait comme d'habitude lui demander comment ça s'était passé à l'école et s'il voulait un verre de lait chocolaté.

Max posa son cartable.

« Bonjour maman, je suis rentré ! »

Pas un bruit. Il allait l'appeler encore une fois quand une horrible pensée lui traversa l'esprit. Sa colonne vertébrale se changea en un bâton de glace. Sa gorge se dessécha.

« Maman, geignit-il. Maman... tu es là ? »

Il alla lentement jusqu'à la salle de bains et y jeta un coup d'œil. Rien. Aucune trace. Mais que s'attendait-il à trouver ? Les habits de sa mère déchirés ? Une jambe ou une hanche ? Un tas d'os ? Oscar était peut-être en train de sucer son bout de plastique. Max sentit qu'il avait les mains moites et il alla dans la chambre de ses parents. Ce n'était sans doute pas aussi terrible. Elle était peut-être seulement en train de lire au lit. À moins qu'on l'ait déjà transportée à l'hôpital où ils s'activaient à recoudre les morceaux. Il imagina sa mère sous une gigantesque machine à coudre. Il appela une nouvelle fois. Pas un bruit. Il approcha du salon. Son cœur cognait. Qu'allait-il donc découvrir en faisant le dernier pas ?

Max inspira longuement et pénétra dans le salon, où il buta aussitôt contre l'aspirateur et tomba. Il leva les yeux, terrifié, et aperçut sa mère près de la fenêtre, en train de parler au téléphone. Elle lui fit des signes en souriant. Pas de lambeaux de chair, ni d'os. Il rampa jusqu'à elle et regarda ses chevilles. Elles étaient là toutes les deux. Dieu du ciel ! Le soulagement lui fit le même effet qu'un bon lait de poule[1].

---

1. Le lait de poule est un remontant que l'on fait avec un jaune d'œuf battu dans du lait chaud sucré.

Il se releva, passa les bras autour de sa mère, et resta longtemps le nez sur son ventre, qui sentait comme d'habitude le premier étage du Magasin du Nord et l'air frais.

Sa mère sourit et continua de parler avec la grand-mère de Max.

Il poussa un soupir de satisfaction en pensant que sa mère était parfois pénible, mais comme ce serait vide sans elle !

« Tu imagines, dit-elle à la grand-mère, toute la cuisine était sens dessus dessous. Et le congélateur était grand ouvert. J'ai passé toute la matinée à nettoyer. Je ne sais pas si quelqu'un s'est introduit dans la maison pendant que j'étais en ville, mais c'est quand même culotté. »

Max la lâcha.

« Ce qui a disparu ? Eh bien, quatre grosses côtelettes d'agneau et un filet mignon. Partis... envolés ! Mais on n'a rien volé d'autre. Je pense à la chaîne hi-fi ou aux bougeoirs en argent. »

Max lui sourit, quitta le salon sans faire de bruit et gagna sa chambre, où il écouta à la porte une petite seconde.

Puis il entra.

Il y avait une lumière rouge dans la pièce, à cause du store. Mais le lion était encore au lit.

Max referma la porte.

« Oscar », murmura-t-il en contemplant la bauge où il était couché. (Des os, du cartilage, des nerfs et les restes d'un petit pain au sésame.)

Le lion se léchait les griffes.

« Tu devrais avoir honte, dit Max. Où sont les côtelettes ? »

Le lion bâilla et, sans paraître honteux le moins du monde, désigna le radiateur, où elles étaient alignées, en train de décongeler.

« Elles seront bien dans dix minutes, dit-il. Assieds-toi, Max.

— Mais tu es devenu complètement marteau ! tonna Max. Ma pauvre mère est dans tous ses états. »

Au même moment on sonna à la porte d'entrée.

Max leva les yeux au plafond en se demandant qui ça pouvait être.

« C'est sans doute le plombier », dit le lion.

Max le regarda.

« Et pourquoi est-ce que ça serait justement le plombier ? » demanda-t-il.

Le lion se retourna sur le ventre.

« Eh bien, vois-tu, le téléphone a sonné pendant que ta mère était partie en ville. Et je me suis dit qu'en fait je n'avais encore jamais eu l'occasion de parler dans un truc comme ça. Tu comprends, Max, il y a loin d'une cabine à l'autre, au pays d'où je viens. Alors j'y suis allé et j'ai pris l'os sur la fourchette.

— Tu... tu as décroché ? gémit Max.

— Oui, oui, reprit le lion. C'était très facile. Pas de problèmes.

— Qu'est-ce que tu as dit... au téléphone ?

— J'ai dit : "C'est Oscar" », répondit fièrement le lion.

Max hocha lentement la tête et tourna le dos au lion. En effet, il ne pouvait pas s'empêcher de sourire un peu.

« Et c'était un homme qui s'appelait "le plombier", poursuivit le lion. Il a dit qu'il viendrait voir la baignoire. »

Max se retourna :

« Et alors ?

— Je lui ai demandé s'il n'en avait jamais vu avant ? »

Max se frappa le front.

« Il devait venir la *réparer,* Oscar.

— Ah bon ! fit le lion. Je ne pouvais pas deviner. En tout cas, je lui ai dit qu'il pouvait venir voir toute la maison s'il en avait envie, ça ne lui coûterait pas un sou. »

Max était sur le point de le houspiller quand il reconnut la voix de Benny dans l'entrée.

« C'est Benny, dit-il. Mon meilleur copain. Malheureusement, il est très malade. Une histoire de nerfs. On va distribuer le journal paroissial. »

Le lion poussa un soupir, bondit à terre et s'étira.

« Eh bien, bonne promenade ! dit-il.

— Pourvu que tu restes où tu es », marmonna Max.

Cependant Oscar tira sur le cordon du store, qui remonta au plafond avec un bruit sec. Le jour emplit la pièce. De la fenêtre, ils aperçurent le vieux landau de Benny devant la grille du jardin.

« Il est à vous ? demanda Oscar.

— Qu'est-ce qui est à nous ?

— Le landau à quatre roues, là-bas !

— Oui, il est à Benny. On s'en sert quand on distribue les journaux.

— Je le trouve très beau, dit Oscar. Je veux me coucher dedans.

— Qu'est-ce que tu veux faire ? »

Max, stupéfait, regarda le lion, qui se mit aussitôt à faire une série de dix tractions sur ses pattes avant.

« Je veux sortir avec vous distribuer les journaux.

— Mais tu ne peux pas.

— Quand on veut, on peut », fit le lion en souriant.

Alors que Max ouvrait la bouche, Oscar, lui, ouvrit la fenêtre et bondit élégamment dans le jardin. En trois secondes, il fut devant le landau et sauta dans la caisse, qui se balança sur son châssis.

Un instant, Max se sentit mal en voyant Oscar sortir soudain la tête de la caisse du landau et lui faire des signes.

Il comprit qu'il importait d'agir vite, si bien que lui aussi sauta par la fenêtre, raflant au passage la couverture sur le lit. Il piqua un sprint dans la rue et flanqua la couverture sur la tête du lion.

« À quoi ça sert ? demanda le lion.

— Ça sert uniquement à te cacher, répondit Max. D'ailleurs je ne suis pas du tout sûr que le landau puisse te porter.

— Non, dit Oscar, et il est un peu juste pour les pattes. Pourquoi ne les font-ils pas un peu plus grands ?

— Parce qu'ils ne sont pas prévus pour les lions ! » cria-t-il, se mettant aussitôt la main sur la bouche et lançant des regards effarés autour de lui.

Au même moment, Benny apparut. Il avait, pour une raison ou pour une autre, un pansement au front. En général, Benny avait une petite blessure quelque part, mais c'était la première fois qu'il avait un sparadrap sur le front. Max pensa que c'était à peu près là que se trouvait son bout de plastique et que Benny avait peut-être essayé de le recoller.

« Si on commençait à distribuer les journaux ? cria de loin son copain, qui se dirigeait vers Max en boitant.

— Tu as mal à la jambe, Benny ? demanda-t-il.

— Elle s'emboîte mal dans la hanche, bougonna Benny. Le docteur a trop tiré dessus quand je suis né. Mais bon, allons-y »

Benny marcha en tête, devant le landau.

« On fait comme d'habitude, dit-il. Toi, tu fais les cages d'escalier des immeubles, moi je prends les pavillons, à cause de ma mauvaise jambe.

— Benny ! grogna Max qui y allait de toutes ses forces pour pouvoir le suivre. Benny, tu ne peux pas t'arrêter un moment ? »

Benny regarda sa montre et s'arrêta.

« Tu ne sais pas que le temps, c'est de l'argent, Max ?

— Non, je ne le savais pas, Benny, gémit-il. Qu'est-ce que ça veut dire ?

— Ça veut dire que plus on passe de temps sur quelque chose, plus on devient pauvre. C'est pour ça que c'est important, toutes les machines.

— Je n'ai pas l'impression de comprendre, dit Max en essuyant la sueur de son front.

— C'est très simple. Moins on a de temps,

plus on est riche, reprit Benny. Prends mon père, par exemple. Il est très riche, tu sais. Et il n'a jamais le temps.

— C'est sans doute parce qu'il est tellement occupé à être bourré comme un moine », dit Max lorsque soudain Benny le prit par le bras.

Max lui demanda ce qui n'allait pas.

« C'est ma sœur, gémit Benny. Elle arrive de l'autre côté de la rue. »

Dagny était très petite et très mince, presque translucide, et, à en croire Benny, extrêmement fatigante. Elle avait cinq ans.

« Filons, Max ! dit-il. Vite ! avant qu'elle ne nous aperçoive. Sinon on l'aura sur le dos le reste de la journée.

— Mais Benny..., souffla Max.

— Tu ne comprends pas, Max, dit Benny. C'est un vrai pot de colle, si tu vois ce que je veux dire, je peux t'assurer qu'elle est pénible. »

Max s'accouda sur le landau.

« Elle nous a déjà vus », fit Max d'une voix lasse.

Et effectivement la petite Dagny traversait la rue en courant et en hurlant après Benny.

« Qu'est-ce que tu as maintenant ? » gémit Benny qui l'accueillit les jambes écartées.

Dagny lança un bref coup d'œil à Max puis elle se dressa sur la pointe des pieds et chuchota quelque chose à l'oreille de Benny.

« Eh bien, va dans un buisson ou cours à la maison ! dit-il d'un ton hargneux.

— Je veux d'abord Mona Lisa », renifla la petite.

Max lui demanda qui était Mona Lisa.

« C'est ma poupée noire ! cria Dagny.

— Alors donne-lui cette poupée, soupira Max.

— Je n'en sais rien, moi, où elle est ! » cria Benny en se frappant le front puis en avalant trois pastilles de réglisse.

« Elle est dans le landau, dit Dagny.

— Eh bien, prends-la donc ! hurla Benny en roulant les yeux.

— Jamais ! » s'exclama Max, qui fondit presque sur la petite.

Benny le dévisagea.

« Dis donc, qu'est-ce qui te prend, mon vieux ? Donne-lui sa poupée !

— Benny, il faut qu'on discute tous les

deux, commença à dire Max en repoussant Dagny qui lui donnait des coups de pied dans les tibias. Je ne sais pas comment t'expliquer ça, mais il va falloir que Dagny attende un peu avant de récupérer sa poupée.

— Je la veux, je la veux ! hurla-t-elle.

— Tu es satisfait ? cria Benny. C'est ça que tu voulais ? D'abord tu me donnes le coup de grâce et, comme si ça ne suffisait pas, maintenant tu refuses de rendre à ma sœur ce qu'elle a de plus précieux. Tu es un vrai copain, Max. Et la prochaine fois, qu'est-ce que ça sera ? C'est à ma famille que tu en veux ? C'est typique, on s'attaque toujours aux plus faibles...

— Je vais faire pipi dans ma culotte ! » s'écria Dagny.

Max prit Benny à part.

« Benny, nom d'un chien, essaie de comprendre, quoi ! Il est... dans le landau.

— Mais bien sûr qu'elle est dans le landau, ma sœur l'a mise elle-même, mon vieux.

— Pas *elle,* gronda Max en sourdine, pas la poupée, mais... mais *lui*, le lion ! »

Benny donna un instant l'impression qu'il

allait s'effondrer. Puis il s'assit sur le trottoir, le visage entre les mains.

« Très bien, murmura-t-il. Si ça doit arriver, autant que ça arrive maintenant. S'il est dit que je ne verrai pas Mardi gras, je n'ai qu'à rendre mon dernier souffle tout de suite. Ce n'est pas un coup, ça, Max. Tu as réduit mon âme en sucre glace. Je suis fini. »

Max essaya de relever son copain, tout en expliquant qu'il ne l'avait pas fait exprès, quand soudain il aperçut Dagny passer le bras entier dans le landau. La seconde suivante, elle était grimpée sur une des roues et plongeait à moitié sous la capote.

Peu après elle redescendit.

« Benny, dit-elle d'une toute petite voix, je crois que j'ai fait pipi dans ma culotte. »

Elle regarda Max.

« Il est à toi ? » demanda-t-elle.

Max haussa les épaules, leva les yeux en l'air et hocha la tête.

« Est-ce qu'il a mangé Mona Lisa ? »

Max alla jeter un coup d'œil dans le landau, où Oscar était couché avec la poupée sous le bras. Max ne trouva pas ça drôle, et lui arracha la poupée.

« Tiens, Dagny ! dit-il. Rentre à la maison maintenant ! »

Dagny s'en alla. En écartant légèrement les jambes. Max eut vraiment pitié d'elle.

Peu après, Benny se remit sur les siennes. À vrai dire, pas exactement. Car la maladie lui causait une espèce de crampe, si bien que c'est à peine s'il pouvait prendre appui sur son pied droit.

« Tu devras te débrouiller toi-même pour distribuer le journal paroissial, dit-il d'un ton sec. Il ne faut plus rien me demander aujourd'hui. La pile est près de l'église. À bientôt... peut-être. Adieu, Max. »

Ainsi Max demeura-t-il seul avec quatre cents journaux et un lion dans un landau.

Et ce n'est qu'au bout de trois heures et demie qu'il sortit enfin le dernier journal de son sac.

La nuit était tombée et il avait mal partout.

Malheureusement, le dernier était aussi le pire. Celui qu'il redoutait le plus. Car la grande maison massive et sombre où il devait le déposer était gardée par un énorme molosse que Max avait déjà eu l'avantage de rencontrer deux fois.

La première, quand c'était le tour de Benny. Max, qui était simplement resté à l'extérieur, l'avait regardé remonter l'allée en boitant, car à ce moment-là il marchait toujours avec une béquille. C'est la raison pour laquelle le vacarme qu'il avait entendu l'avait tout spécialement inquiété. Puis il avait vu surgir le monstre, hurlant tel un dragon d'Écosse. Le pauvre Benny s'était défendu avec sa béquille, mais pour finir il avait foncé droit à travers la haie, où la plupart de ses vêtements étaient restés accrochés, si bien qu'il en était ressorti en slip et en chaussettes, mais le journal paroissial à la main.

La deuxième fois, bien sûr, c'était le tour de Max. Et il était arrivé devant la fente aménagée pour les lettres dans la porte d'entrée, quand le fameux grondement avait retenti tout près.

De l'autre côté de la barrière, Benny lui criait de ne pas montrer au chien qu'il avait peur.

« Je n'ai pas peur, je n'ai pas peur », avait répété Max.

Mais, dans son affolement, il avait passé le sachet de pastilles de réglisse par la fente, si bien que lorsqu'il avait enfin rejoint Benny, sain et sauf, il avait le journal paroissial dans la bouche.

Or, pour l'instant, il contemplait la maison toute sombre. Il regarda dans le jardin. Pas de chien en vue. Mais il était sans doute aux aguets quelque part.

Max secoua la barrière. Pas un bruit. « Il est peut-être mort », pensa-t-il. Les chiens aussi peuvent claquer.

Il inspira profondément et se dit qu'après tout c'était le dernier journal et qu'il serait payé quand il l'aurait distribué. Et il n'aurait pas seulement sa part habituelle, mais aussi celle de Benny. Il serait riche en rentrant chez lui.

« Alors, on y va ? » entendit-il dans le landau.

Max se pencha sur Oscar et remarqua son impatience.

« Il ne me reste plus qu'un journal, dit Max.

Le problème, c'est qu'il y a un gros chien dans la maison où je dois le déposer.

— *Dieu du ciel !* gémit le lion. Un chien ! Une de ces petites bêtes qui pissent sur les tapis ?

— Non, non, dit Max. Celui-ci est gros, noir et féroce.

— Autrement dit, tu as peur de lui ? fit Oscar en riant.

— Oui, on peut dire ça, avoua Max.

— Bon, bon », soupira le lion en s'extirpant du landau.

L'instant d'après, le lion était dans la rue, où il faisait complètement noir.

« Ce n'est pas que je sois tellement partisan de ça, mais quand on est dans la débine, ce n'est pas le moment de se débiner », ajouta-t-il.

Et sur ces mots, il bondit par-dessus la haie et disparut.

Max hésita, puis il ouvrit doucement la barrière.

« Hou ! Hou ! » dit-il.

Pas le moindre bruit.

« Salut ! dit-il encore. Tu es là, le chien ?

C'est seulement moi, Max, avec le journal paroissial. Hou ! Hou ! »

« Hou ! Hou ! Hou ! Hou ! fit une voix imitant la sienne. Allez, apporte ton fichu journal, qu'on puisse rentrer au bercail, mon vieux ! »

Max écarquilla les yeux dans l'obscurité mais il n'aperçut Oscar nulle part. Les genoux tremblants, il monta les marches et passa le journal paroissial par la fente dans la porte, lorsqu'un grondement sourd monta d'un buisson tout proche. Max sentit ses jambes se transformer en gelée. Soudain, sa gorge devint sèche et son estomac se noua. Car l'horrible molosse surgit au bas de l'escalier, montrant les dents, les oreilles rabattues.

Max savait qu'il s'appelait César, car il était inscrit « César est méchant » sur la barrière. Il pensa au bon conseil de Benny : Ne jamais montrer à un chien qu'on a peur de lui.

« Allons, allons, César ! dit-il. Je suis seulement venu apporter le journal paroissial. Et je n'ai pas du tout pppeur... »

César grogna et les poils de son dos se hérissèrent. Un court instant, Max ressentit, comme la petite Dagny, une envie pressante de faire pipi quand il aperçut soudain le gros Oscar s'avancer mollement dans l'allée et s'asseoir juste derrière César, qui eut soudain l'air d'un tout petit chien enroué. Malheureusement, César n'avait pas vu Oscar et grattait la terre de sa patte de devant avec encore plus de hargne.

Max descendit une marche.

À la seconde même, César ouvrit la gueule et aboya comme un forcené. C'est alors qu'Oscar, d'un air indolent, lui tapota le dos. Furieux, César tourna la tête et rencontra les yeux ambrés du lion, qui le pétrifièrent pendant dix longues secondes. Les aboiements du chien s'éteignirent avec le bruit d'une fusée de feu d'artifice qui rate. Maintenant il ne grattait plus la terre avec hargne, il grattouillait juste un petit peu. Sa queue, qu'avant il tenait fièrement en l'air, toute touffue, ressemblait à un cure-pipe usagé et lui pendillait étrangement entre les pattes.

Il donna l'impression de sourire bêtement.

Après quoi Oscar rugit, au point que les arbres en frémirent et que les crottes des mouettes se liquéfièrent. Tous les poils du dos de César se hérissèrent, et il se précipita dans le buisson le plus proche à la vitesse d'un éclair. Puis, tel un basset dopé, il se mit à creuser un trou très profond où il pourrait disparaître.

Lorsque Max quitta le jardin sur le dos d'Oscar, le féroce César n'était plus visible.

Vingt minutes plus tard, Max était sur la place du marché, près de la voiturette du marchand de saucisses. Le landau était juste derrière lui.

« Eh bien, Max, dit le marchand, ça sera comme d'habitude ?

— Oui, donnez-moi une francfort avec de la moutarde ! répondit Max.

— Et lui, dans le landau, il prendra quelque chose ? demanda le marchand en déposant une saucisse sur un carré de papier sulfurisé.

— Oui, il m'en faudrait vingt-cinq, grillées... sans oignons », fit une voix dans le landau.

3

Max était dans le salon et regardait sa mère mettre la dernière main à la collerette blanche qui faisait partie de son déguisement de Mardi gras.

« Il ne manque plus que la perruque, dit sa mère en prenant un sac en plastique. Je l'ai achetée aujourd'hui chez le marchand de jouets. »

Max examina la tonsure luisante avec les cheveux hirsutes sur les côtés.

« Elle est belle », dit-il en jetant un rapide coup d'œil autour de lui.

Ces derniers temps, il était un peu inquiet quand il allait dans le salon et qu'Oscar demeurait dans la chambre. Il doutait beaucoup qu'Oscar fasse ce qu'il lui avait demandé. La veille, comme il avait eu le droit de se coucher tard parce que c'était samedi et qu'il y avait un film comique à la télé, Max était allé discrètement dans sa chambre porter un sachet de noisettes salées à Oscar qui, comme d'habitude, était vautré dans le lit.

« Tu restes là, Oscar, lui avait-il recommandé.

— Où vas-tu ? avait demandé le lion.

— Je vais voir la télé, mais je reviens bientôt. Tiens, voilà des noisettes salées ! »

Le lion avait regardé le sachet. Et trouvé qu'il n'y en avait pas beaucoup.

Max avait rejoint ses parents qui, ce soir-là, recevaient la visite de la grand-mère de Max. Ils avaient passé un moment agréable ensemble, bu du thé et mangé des pop-corn, quand le film commença. Il s'agissait de quelques énergumènes qui faisaient les quatre cents coups dans un cirque. Le père de Max lui lisait les sous-titres. C'était vraiment un film très drôle et ils riaient tous aux éclats, jusqu'au moment où Max avait soudain remarqué qu'une voix grave se mêlait aux rires. Il avait regardé son père, qui gloussait simplement et paraissait normal. Ce n'était donc pas lui. C'est alors que sa mère s'était levée et avait pris le bol de pop-corn qui était un peu plus loin sur la table.

« Ça alors, avait-elle dit, on a déjà mangé tous les pop-corn. Même les miettes ont disparu. »

Heureusement, il s'était passé quelque chose de très amusant dans le film au même moment, si bien que personne d'autre ne s'en était étonné.

Max, qui était assis à côté de sa grand-mère, s'était redressé et avait jeté un coup d'œil derrière le sofa. Et, comme il s'y attendait, il avait aperçu ce gros effronté d'Oscar qui avait eu le toupet de s'installer derrière eux, dans un coin, où il riait en mangeant des pop-corn.

Sur le moment, Max n'avait pas su quoi faire. Il avait décidé de se rasseoir pour réfléchir à la question, quand sa mère avait apporté un bol plein de sucreries.

« Pourvu qu'on n'oublie pas de se brosser les dents après ! » avait-elle dit.

La grand-mère avait ajouté en riant que ça ne ferait grossir que le lendemain, et Max avait cru entendre quelqu'un qui disait : « Ça a l'air drôlement appétissant ! »

Pendant ce temps, le film comique avait continué. La grand-mère s'était penchée en avant et avait attrapé un bâton de réglisse qu'elle avait tendu par dessus son épaule à Max, derrière elle. Mais alors qu'il s'apprêtait à le prendre, le bâton avait brusquement été arraché de la main de la grand-mère, puis on avait entendu grignoter avec délice. Elle s'était empressée de se tourner vers Max.

« Eh bien, dis donc, Max ! avait-elle dit. Tu es rapide. Tu as déjà mangé tout le réglisse ?

— Euh, oui, en effet », avait répondu Max en se levant.

Depuis la porte, il avait fait signe à Oscar de venir.

Comme c'était à prévoir, le lion avait le tour de la gueule tout noir.

« Allez, Oscar, retourne dans la chambre ! avait-il chuchoté.

— Je peux bien voir la fin du film..., avait dit le lion.

— File ! » avait ordonné Max.

Oscar avait ensuite promis qu'il ne recommencerait jamais, mais Max était pourtant loin d'être rassuré.

Et là, tandis que sa mère était en train de coudre, il eut l'impression d'entendre remuer dans la cuisine. D'un autre côté, le bruit pouvait aussi bien provenir de sa chambre, car le ventre d'Oscar n'avait pas cessé de gargouiller depuis qu'il avait mangé les vingt-cinq saucisses rouges.

Sa mère essaya la collerette sur Max.

Elle lui allait parfaitement. Pendant ce temps-là, son père mit un disque sur le tourne-disques.

« Cette musique est du temps de Galilée », dit-il en souriant à Max.

Max hocha la tête en écoutant les violons frémissants, et il s'imagina le vieil astronome assis devant la radio tous les après-midi en train d'écouter cette même musique. Elle était remplie d'images, des images qui se projetaient dans le cerveau de Max, sur un petit écran qu'il ignorait posséder.

« Qui est-ce qui siffle ? » demanda soudain sa mère.

Son père écarquilla les yeux et ôta le disque. Maintenant tout était silencieux.

« Je... je n'entends rien », murmura Max.

Sa mère déclara qu'elle était sûre d'avoir entendu quelqu'un siffler sur la musique juste avant.

Son père dit qu'en tout cas ce n'était pas lui.

Max se dépêcha alors de mettre sa perruque, et son père secoua la tête, mit un autre disque et alla lui chercher sa cape et sa barbe. Puis ils se retrouvèrent tous les trois devant le miroir de l'entrée et contemplèrent le petit Galilée.

« Tu es superbe, dit sa mère, mais enlève ce costume pour ne pas l'abîmer avant Mardi gras. »

Max leva les yeux vers elle.

« Est-ce que je peux le garder encore seulement cinq minutes ? C'est bizarre mais, quand je suis habillé comme ça, j'ai presque l'impression d'être Galilée.

— D'accord, dit sa mère. Cinq minutes si tu veux, mais après ce sera l'heure de te coucher. Il est bientôt neuf heures et demie. »

Max hocha la tête et trotta jusqu'à sa chambre.

Il se faisait une joie de montrer à Oscar son costume de Mardi gras. Il attendit devant la porte jusqu'à ce qu'il entende ses parents bavarder dans le salon... puis il entra sans bruit.

Comme d'habitude, Oscar était allongé sur le lit. Il lui tournait même le dos. Max l'observa un instant.

« Tu dors, Oscar ? demanda-t-il.

— Oui, répondit le lion. Je rêve. »

Max se gratta la joue. Comment pouvait-il rêver et répondre en même temps ?

Oscar se racla la gorge :

« Je rêve d'un petit homme sans cheveux sur la tête. Il monte des quantités de marches, toujours en rond, toujours plus haut. C'est l'après-midi, et la lumière est chaude et dorée. L'escalier est en pierre, et les pierres sont tachetées comme une carte de géographie. Enfin le petit homme arrive dans une grande pièce ronde. Il y a des fenêtres tout autour et la vue est magnifique. Toutes les maisons sont jaunes, rouges ou ocre, toutes les tuiles sont brunes et passées, comme le vert des volets sur les pignons. La ville est traversée par un large fleuve, gris et brillant, et tout ce qu'on entend, c'est l'eau qui coule et une cloche qui sonne au loin. On entend peut-être aussi quelques chevaux et des poules. Debout devant une table, l'homme boit un verre de vin. Puis il se dirige vers une longue-vue. Sur la table, il y a des tas de rouleaux de papier, des crayons, un verre renversé, ainsi que quelques croûtes de fromage et une grappe de raisins noirs. Soudain, l'homme va s'accouder à l'une des fenêtres, car de la tour qui penche il entend de la musique, de l'orgue, exactement le même air que dans le salon où je n'ai pas le droit d'aller ! Et pourquoi n'ai-je pas le droit ? »

Oscar se retourna d'un seul coup. Il aperçut le déguisement de Max et prit un air très grave.

Max rentrait les lèvres et attendait avec impatience. Mais Oscar ne dit rien. Il se contenta de le dévisager.

« Je suis censé être Galilée », murmura Max.

Oscar hocha la tête puis roula lentement dans le lit et enfouit sa tête dans l'oreiller.

Sa queue tremblait. Son dos tressautait. Ses épaules se balançaient. Max, anxieux, avança d'un pas, quand Oscar se remit sur le dos. Il se tenait le ventre et bouillonnait presque de rire.

Max s'assit sur sa chaise de bureau et gratta un peu sa fausse barbe. Oscar roulait sur lui-même en émettant des bruits à demi étouffés, se tapait sur les cuisses et mordait la taie de l'oreiller, tout en essayant de se maîtriser. Mais chaque fois qu'il regardait Max, ça recommençait.

« Bon sang, gémit-il, je n'ai jamais rien vu de pareil. Mais qu'est-ce que c'est que ce petit gnome ?

— Je t'ai dit que j'étais censé être Galilée, marmonna Max.

— Qu'est-ce que c'est que ce torchon que tu as autour du cou ? » s'esclaffa le lion en s'essuyant les yeux.

« Ce n'est pas un torchon, dit-il, c'est une collerette italienne. »

Oscar se redressa dans le lit et retrouva progressivement son calme, si bien que Max put lui parler de Mardi gras.

« Tous mes camarades de classe viennent, expliqua-t-il. Benny aussi. Tu sais, celui qui a les nerfs fragiles. Et ils sont tous déguisés.

— Pourquoi donc ? demanda Oscar en bâillant.

— C'est comme ça, répondit Max. Et en fait c'est très amusant.

— Oui, oui, soupira le lion en s'allongeant, une patte sur la tête.

— Et pour finir, on frappe sur le tonneau pour en faire partir le chat[1]. »

Oscar fixa Max en ouvrant de grands yeux.

« Vous frappez sur le tonneau pour en faire partir le chat ?

— Oui, dit Max. C'est bien ça.

---

1. Au Danemark, pour Mardi gras, les enfants frappent à tour de rôle sur un tonneau rempli de friandises à l'aide d'un bâton, mais autrefois c'était un chat qu'on mettait dans le tonneau. C'est pourquoi le premier qui brise le tonneau est toujours appelé le « roi au chat ».

— Mais... c'est de la cruauté envers les animaux ! »

Max expliqua que c'était seulement une façon de parler. Le chat n'était évidemment pas au fond du tonneau, il était dessus, et c'était un chat en papier.

« C'est bizarre tout ça, dit Oscar. Comme si ça pouvait être drôle ! »

Max haussa les épaules en disant que c'était amusant de se déguiser, et qu'on avait aussi du soda, des petites brioches de Mardi gras et un gros gâteau à la crème.

Oscar se retourna dans le lit et le regarda paresseusement.

« On a quoi ?

— Du soda... et du gâteau à la crème.

— Qui a ça ?

— Tous ceux qui viennent. »

Le lion leva les yeux au plafond, puis il vint s'asseoir à côté de Max. Il lui passa même la patte autour de l'épaule.

« Max, dit-il, je crois que je vais assister à ce genre de Mardi gras. »

Max sursauta. Il dévisagea le lion.

« Mais... tu ne peux pas, Oscar. Tu dois bien

t'en rendre compte. C'est absolument impossible.

— Pourquoi est-ce "absolument impossible" ? Explique-moi un peu !

— Parce que... Oui, parce que ! (Max regardait droit devant lui.) Oui, parce que la fête est seulement pour les enfants. Je veux dire... oui, Oscar, tu dois bien comprendre ça : tu es un lion, non ?

— Et alors ?

— Eh bien, d'abord, il y a ma mère.

— Qu'est-ce qu'elle a, ta mère ? Franchement, je trouve qu'elle en fait des simagrées, cette femme-là, dit Oscar.

— C'est peut-être ton avis, mais elle ne le comprendra jamais. Elle ne croit pas aux lions, pas comme ça ! »

Oscar se frappa la poitrine.

« Elle n'y croit pas ? Alors il faut que je file dans le salon prouver le contraire à cette impertinente. Il est possible que ce soit elle qui rapporte la viande que vous mangez, mais si elle prétend... »

Max mit les mains en avant.

« Oscar ! Essaie de comprendre ce que je

dis ! Bien sûr qu'elle croit aux lions. Ceux qui vivent en Afrique. Pas ceux qui savent... euh... parler et qui veulent fêter Mardi gras. À coup sûr elle ne croit pas à ceux-là.

— Mais tous les petits, cria Oscar comme un diable, eux, ils peuvent venir, non ?

— Oui, dit Max.

— Et manger du gâteau à la crème et des brioches, et boire du soda, et faire la fête, et se déguiser. Et moi alors pendant ce temps-là, Max ? Qu'as-tu pensé faire de moi ? »

Max lui lança un bref regard :

« Eh bien, tu resteras ici, dit-il tout bas. Mais je veillerai à ce que tu aies aussi quelque chose. Du gâteau et tout, comme ça tu pourras fêter ton Mardi gras à toi tout seul. Ça serait amusant, Oscar, non ?

— Non, ça ne serait pas amusant, dit le lion d'un ton catégorique. Je serais enfermé là avec un petit chapeau pointu sur la tête, pendant que vous, vous vous amuseriez un peu partout.

— Je ferai en sorte que tu aies autant de brioches que tu peux en manger, reprit Max. Et bien sûr tu n'auras pas besoin de te déguiser. Non, d'une certaine manière, tu es déjà déguisé, hein ? »

Oscar bondit soudain.

« Exactement, dit-il. Exactement, Max. Je suis déguisé. Ha ha ! Ha ha ha ! »

Max lui lança un regard soupçonneux :

« Qu'est-ce que tu veux dire par là ?

— Tu pourrais expliquer à ta mère que je me suis tout simplement déguisé, répondit Oscar en riant d'un air astucieux.

— Comment ça ?

— Eh bien, on pourrait faire croire à ta mère qu'il y a un gentil petit garçon dessous. Un petit garçon du nom d'Oscar, comme il y a sous Galilée un petit garçon qui s'appelle Max. Tu me suis ?

— Non, dit Max. Je ne te suis pas du tout. Ça ne marchera jamais.

— Bien sûr que ça marchera, mon vieux, dit le lion.

— Non, parce que tu es incapable de te conduire comme nous autres. C'est ça ton problème, Oscar. Tu te conduis comme un lion.

— Mais, c'est que je suis un lion ! tonna Oscar.

— Oui, et les lions ne fêtent évidemment pas Mardi gras ! cria Max.

— Non ! Mais les enfants déguisés en lion, si ! » hurla Oscar.

Max lui fit signe de parler moins fort et répéta que c'était impossible.

« Oui, mais je veux ! dit Oscar. Je veux ! Si tous les autres énergumènes peuvent venir, moi aussi ! »

Max soupira et alla à la fenêtre. Tout au fond de lui-même, il comprenait bien Oscar. Et tout au fond de lui-même, il brûlait de l'inviter. Le tout était de savoir si Oscar saurait bien se tenir. Il fallait qu'il y réfléchisse très sérieusement. Ce n'était peut-être pas une si mauvaise idée.

« À ce moment-là, dit-il, il faut que tu apprennes à te comporter correctement.

— Mais bien sûr, Max, bien sûr. J'ai quand même un brin d'éducation. Tu verras, tu seras surpris. »

Max se dirigea vers la porte.

« D'accord, dit-il. Je vais voir ce que je peux faire. »

Oscar sourit.

« Dis-moi, Oscar, qu'est-ce qu'il y a, en plus du gros gâteau à la crème ?

— Des petites brioches de Mardi gras, répondit Max. Fourrées à la crème, avec des raisins.

— Vraiment ? fit Oscar d'un air rêveur.

— Ma mère les fait elle-même.

— Elle-même ? Mais elle est adorable ! Tu devrais peut-être aller lui dire tout de suite qu'il y aura un invité de plus pour qu'elle en fasse suffisamment... de ces brioches de Mardi gras. »

Max retourna dans le salon et se rhabilla normalement. Ses parents étaient tranquillement en train de lire. Ils devaient être bien pauvres, puisqu'ils avaient tellement de temps. À ce que disait Benny. Il n'eut pas le cœur de leur annoncer qu'il y aurait un invité supplémentaire qui s'appelait Oscar.

C'était vraiment devenu difficile d'avoir à la fois une mère, un père et un Oscar.

En fait, il fit longtemps semblant d'être occupé à faire des opérations, tout en les observant. Ils n'avaient pas de soucis. Comme c'était facile d'être adulte ! En tout cas, ils n'étaient pas constamment dérangés par un lion.

Max regarda sa mère, qui dit au même moment :

« Bon, Max. Ça doit être l'heure d'aller au lit. »

Et Max songea : « La nuit porte conseil ! »

Beaucoup plus tard, lorsque toutes les lumières furent éteintes et que les gens du quartier étaient au chaud dans leurs couettes en plumes d'oie sur des draps silencieux, bercés par les rêves, une silhouette sombre se glissa hors d'un sac de couchage vert et fit entrer un petit rayon de lune d'un bleu terne qui éclaira le plancher.

C'était une nuit étoilée, où la Voie lactée ressemblait à une traînée de sucre en poudre dans le ciel. Cassiopée brillait tout au loin, à des milliers d'années-lumière, mais visible à l'œil nu.

Max alla chercher son globe céleste et alluma la petite ampoule qui l'éclairait de l'intérieur.

Il le fit tourner tout doucement sur lui-même, tandis qu'il rêvait en soupirant et qu'il comparait avec les étoiles de l'autre côté de la fenêtre. Dans le ciel, se dit-il tout bas, le temps est arrêté. Si bien que les étoiles ne sont jamais pressées. Elles se contentent de briller, année après année, en chuchotant, et leur message est emporté de plus en plus loin, comme celui qu'on met dans une bouteille, là-bas où tout commence... et où tout finit.

« Qu'est-ce que tu fais, mon vieux ? » dit soudain une voix grave.

Max sursauta. Il savait pourtant bien qu'Oscar dormait rarement la nuit, mais, à l'entendre ronfler, il croyait en fait que le lion était endormi depuis longtemps.

« Euh, je regarde les étoiles », murmura Max.

Oscar passa les pattes hors du lit en bâillant.

« J'ai faim, dit-il.

— Tu as toujours faim », grommela Max.

Oscar s'approcha et fit tourner le globe où étaient représentées les planètes et les constellations.

« Ce n'est pas comme ça en Afrique », souffla-t-il.

Max dit qu'il le savait bien et il expliqua qu'il y avait deux hémisphères, celui du Nord et celui du Sud. Au nord, on ne pouvait pas voir les étoiles d'Afrique, et vice versa.

Oscar hocha la tête avec nostalgie.

« C'est un coup à donner le mal du pays à un lion, dit-il en posant sa grosse tête sur la poitrine de Max.

— Je peux aller emprunter la longue-vue de mon père, suggéra Max. Alors on pourrait sortir sur la terrasse pour regarder les étoiles. Ce n'est pas une bonne idée, Oscar ? »

Les yeux du lion s'étrécirent, mais sa gueule s'ouvrit jusqu'aux oreilles.

« C'est une excellente idée, Max, dit-il. Et au passage les petits pieds pourraient aussi trouver le chemin du grand placard blanc dans la cuisine, celui où il y a la viande... hé hé ! »

Max soupira, hocha la tête et, deux minutes plus tard, il tenait la longue-vue de son père d'une main et un sachet de blancs de poulet de l'autre. Mais en passant devant le salon qu'éclairait un filet de lumière, il aperçut son costume de Mardi gras sur la table basse.

Sa mère en avait fait une jolie petite pile, la

perruque sur le dessus. Max y toucha un peu, c'était trop tentant. Il n'avait pas besoin de mettre la barbe et la tonsure. Seulement la cape et la collerette. Oscar ne rirait peut-être pas autant.

Il posa la longue-vue et la viande pour enfiler son costume. Peu après, il reparut devant Oscar.

« Ça te dérange que je me sois habillé comme ça, Oscar ? demanda-t-il.

— Pas du tout, répondit le lion en ne faisant qu'une bouchée des blancs de poulet. C'est la longue-vue de ton père ? »

Max hocha la tête et permit à Oscar de regarder dedans, pourvu qu'il fasse attention à ne pas la laisser tomber.

Oscar la tint devant ses yeux et dit que, de toute évidence, elle était faite pour les gens avec un seul œil.

« Tu n'as qu'à fermer l'autre, fit Max en souriant.

— On voit loin ?

— Très, très loin », répondit Max en ouvrant la fenêtre.

Peu après, ils étaient sur la terrasse et c'était une nuit féerique.

Max expliqua à Oscar comment se servir de la longue-vue. Il se sentait presque comme Galilée dans son costume.

« On peut peut-être voir jusqu'en Afrique ? demanda Oscar en fermant le mauvais œil.

— Pas tout à fait, dit Max, mais tu peux voir la Pléiade et la Grande Ourse, si tu regardes attentivement. »

Oscar posa la longue-vue et demanda à Max de s'asseoir.

« Écoute-moi bien, Max, dit-il. Parce que chez nous, dans la savane, on peut aussi voir les étoiles, tu comprends ? Et il y en a que tu n'aperçois pas du tout d'ici, quelle que soit la longueur du tuyau dans lequel tu regardes. Il s'agit de la Croix du Sud, du Capricorne et... euh... du Berceau.

— Tu veux dire le Verseau, hein ? corrigea Max prudemment.

— C'est ça, Max, dit Oscar, le Verseau. Mais ce sont des broutilles, comprends-tu ? Car lorsqu'on est tous réunis, toute la bande, sous le grand baobab, et que l'Afrique est silencieuse, alors on voit bien plus que les dessins que tu as sur ton petit globe. Bien plus que tu ne comprends maintenant, Max. Mais peut-être que ça viendra un jour ? On ne sait jamais. »

Max hocha la tête, émerveillé. Oscar ferma un œil et continua :

« Tu comprends, Max, si tu fais partie de ceux qui croient que tout ce qu'on peut voir est représenté sur ce globe, alors tu ne verras jamais le Très Grand.

— Le... Très Grand..., murmura Max. Qu'est-ce que tu veux dire par le "Très Grand"... Oscar ? »

Le lion prit Max par l'épaule et le regarda droit dans les yeux.

« Je veux dire, ce qui se présente soudain, Max. Ce qui fait que les lions se lèvent, secouent leur crinière et parcourent des milliers de kilomètres à travers l'Afrique sous la voûte céleste. Exactement ce qui fait que des petits garçons, loin dans le Nord, voient des lions quand ils rentrent de l'école. »

Max, captivé, hocha la tête en se disant que

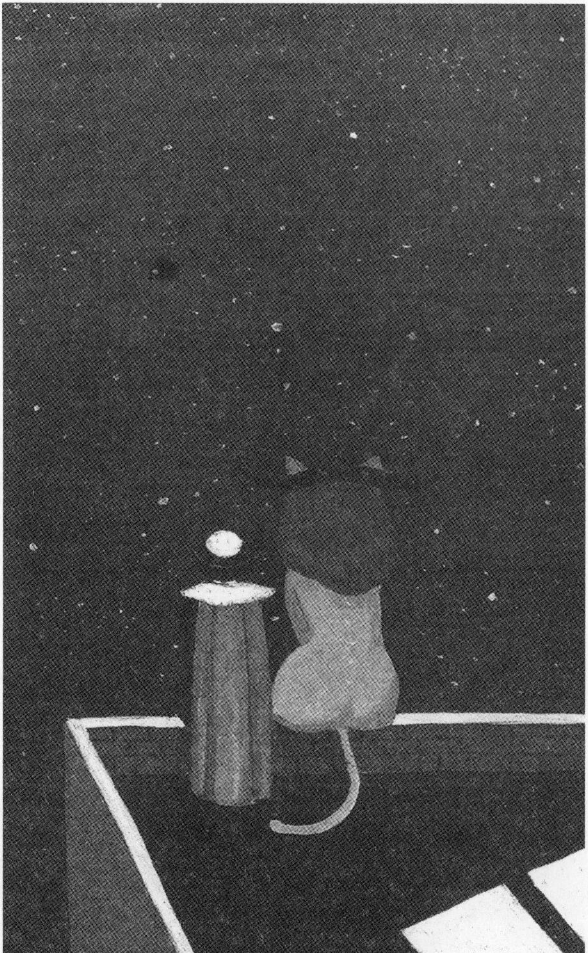

c'était sans doute ça aussi que le vieux Galilée avait cherché à voir.

« Mais c'est... formidable, Oscar », murmura-t-il.

Et Oscar dit que ça l'était, effectivement.

Ils restèrent longtemps côte à côte, les yeux fixés sur le ciel nocturne, quand Max replia enfin la longue-vue en poussant un profond soupir et la rangea dans son long étui. Mais au même moment une étoile brillante tomba du ciel, avec derrière elle une traînée de feu qui, pendant une petite seconde, éclaira tout l'espace.

Max fut cloué sur place, car il n'avait encore jamais vu ça.

« Tu as vu ? fit-il, suffoqué.

— Ouais, répondit tranquillement Oscar. Une étoile filante. Encore un lion de parti, et ça signifie que tu peux faire un vœu, Max. »

Max serra la longue-vue dans ses mains et hocha solennellement la tête. Puis il passa le bras autour du cou d'Oscar et lui chuchota à l'oreille :

« Nous deux, Oscar..., à la vie à la mort. »

Oscar grogna affectueusement et gratta un peu les dalles de sa patte arrière.

« D'accord, Max, murmura-t-il, d'accord, mon vieux. »

Dix minutes plus tard, ils dormaient tous les deux, et la mère de Max dit à son père que c'était quand même incroyable ce que leur fils pouvait ronfler ces derniers temps.

4

Et ce fut Mardi gras.

Du moins le matin.

Max prit son petit déjeuner avec sa mère et son père. Tout était comme il se devait : ses parents écoutaient la radio, lisaient le journal et mangeaient différentes sortes de petits pains. Max fouillait un peu dans la pile de bandes dessinées posée devant sa place. De l'autre main, il faisait claquer le pot de yaourt, à son habitude. Non pas qu'il aimait être bruyant, mais parce qu'il y avait, comme toujours, un tas de bruits bizarres qu'il valait mieux que ses parents n'entendent pas. Pour l'instant, ils provenaient de la salle de bains, où l'on aurait dit que quelqu'un était en train de se brosser les dents avec un balai. Il faut dire qu'Oscar appréciait beaucoup le dentifrice. Un après-midi, il en avait même mangé la moitié d'un tube et, depuis qu'il s'était mis en tête qu'il allait fêter Mardi gras, il avait passé la matinée entière à peigner sa crinière jaune, tout en se lamentant que ses dents avaient vraiment noirci, peut-être à cause de toutes les pastilles de réglisse. Autrement dit, il n'était pas exclu qu'il soit dans la salle de bains, en train de se jeter sur le dentifrice.

Max prit un des albums de bandes dessinées. Un de ceux qui se passaient dans la jungle. Il l'avait montré à Oscar, qui avait exigé qu'il le lise tout haut. C'était l'histoire de tribus qui se faisaient la guerre et d'un méchant éléphant. Oscar adorait cette histoire.

« C'est merveilleusement plein de mensonges », avait-il dit, demandant ensuite que

Max lui parle de ce braillard qui s'appelait Texan.

Max ne comprenait pas du tout ce qu'il voulait dire... un braillard qui s'appelait Texan ?

« Oui, tu le connais sûrement, mon vieux, avait dit Oscar. On a fait des tas de belles histoires fausses sur lui, et elles se passent toutes chez nous.

— Tu veux dire... Tarzan ? avait suggéré Max.

— Oui, c'est ça, Tarzan, avait répondu Oscar en riant. Le singe blanc, hi hi ! »

Et, depuis ce jour-là, Max était obligé de raconter des histoires de Tarzan tous les soirs.

Il se leva de table et se faufila jusque dans la salle de bains, où Oscar était effectivement en train de frotter ses grosses canines avec la brosse à ongles. Il avait la gueule pleine de mousse.

« Dis donc, qu'est-ce que tu fabriques ? gronda Max en fermant la porte à clé pour plus de sûreté.

— Ça enlève aussi la mauvaise haleine, dit Oscar sans s'arrêter de brosser. Ils feraient bien d'en faire autant, les copains de la savane.

Si tu savais ce qu'ils empestent après avoir mangé de la viande avariée.

— Dépêche-toi de retourner dans la chambre ! lui ordonna Max en le tirant par la queue.

— Une minute », dit Oscar en se gargarisant.

Puis il attrapa le déodorant du père de Max et s'envoya trois giclées dans la gueule.

« Le tour est joué, fit-il en riant. On peut aller à la fête, les gars ! »

Max le poussa vers la porte.

« Maintenant tu vas rester dans la chambre jusqu'à ce que je te fasse signe, d'accord ? D'ailleurs, je n'ai pas encore demandé si tu pouvais venir. Alors calme-toi ! »

Le lion se retourna, une griffe en l'air.

« N'essaie pas d'aller contre ma nature, Max ! dit-il. Rappelle-toi que je suis toujours un félin et que nous, les petits minets, c'est bien connu, on est très propres, contrairement à beaucoup de petits garçons, hein, Max ? Oscar a bien entendu ce que ta mère a dit hier soir. "N'oublie pas les oreilles, Max !"

— Dans la chambre en vitesse, gros

balourd ! fit Max en poussant le lion par la porte. Au fait, je n'ai jamais vu de chat utiliser du déodorant, et de lion encore moins. »

Peu après, Max était de retour à table et, quand ses parents échangèrent leur journal, il déclara :

« Il est possible qu'il en vienne un de plus... à la fête, je veux dire. »

Sa mère leva les yeux du journal :

« Un de plus ? Vous avez un nouveau dans votre classe ?

— Euh, non, marmonna Max. C'est seulement un avec qui... je rentre de l'école... de temps en temps.

— Il va à l'école ? »

Sa mère se replongea dans le journal.

« Non, non, je ne crois pas, dit Max en lorgnant vers son père.

— Mais il a ton âge ?

— Oui, à peu près. Mais... il est... très grand pour son âge », marmonna Max.

Sa mère le dévisagea.

« Il est peut-être dans la classe au-dessus ? Tu dois quand même bien le savoir, Max.

Pourquoi ne manges-tu pas ton yaourt ? C'est l'excitation ? »

Elle rit en lui caressant les cheveux. Max hocha la tête, embarrassé.

« Est-ce qu'il peut venir ?

— Oui, oui, du moment qu'on a assez de chaises. (Elle compta sur ses doigts.) Sinon il s'assiéra sur un tabouret. Un de plus ou de moins, ça n'a pas d'importance. »

Max lui sourit et se leva. Puis ils débarrassèrent la table.

Une heure plus tard exactement, il était déguisé en Galilée et attendait que son père installe son flash. Ils enverraient les photos à la grand-mère de Max en Fionie[1].

Son père lui indiqua comment il devait se placer, où il devait regarder et de quelle façon il devait tenir la longue-vue.

« Le nouveau, dit sa mère, sait-il que les autres seront déguisés ? Sait-il que c'est une fête de Mardi gras ?

— Euh, oui, oui, répondit Max. On en a discuté. Il viendra lui aussi... déguisé.

1. La Fionie est une île du Danemark.

— Sais-tu en quoi ? »

La mère de Max arrangea sa collerette.

« Je crois qu'il a parlé d'un lion », dit Max.

Sa mère hocha la tête en disant qu'il ne restait plus un seul masque de lion chez le marchand de jouets.

Max ajouta que, d'après ce qu'il savait, le nouveau aurait un déguisement complet, un costume de lion très ressemblant.

« Lève les yeux, Max, regarde l'appareil ! » dit son père.

Max leva les yeux. Sa mère lui demanda alors comment s'appelait le nouveau.

« Il s'appelle Oscar, répondit Max.

— Seigneur ! dit-elle en riant. Il y a encore des gens qui appellent leurs enfants Oscar de nos jours !

— C'est aussi bien que Max », grommela-t-il.

Au même moment, le flash de son père se déclencha quatre fois et, une seconde plus tard, il y eut un grand bruit dans la chambre de Max.

« C'était quoi, ce bruit ? demanda sa mère.

— Euh, c'était, c'était sans doute... quelque

chose qui est tombé, bégaya Max. Peut-être mes patins à roulettes. Je les avais mis sur le haut de mon placard.

— Ça m'étonnerait », dit son père qui partit en trombe vers la chambre, dont il ouvrit brusquement la porte.

Max n'eut pas le temps de le rattraper. Il resta planté là, à se tordre les mains, en attendant sa réaction.

« C'étaient ses patins à roulettes ? » cria sa mère.

Son père réapparut dans l'entrée.

« Non, dit-il, ils étaient dans le placard. Ça ne venait peut-être pas de la chambre de Max. »

Max haussa les épaules, regagna sa chambre et ferma la porte derrière lui.

Oscar était collé au mur. Le museau complètement aplati. Il se trouvait derrière la porte quand le père de Max s'était rué dans la pièce.

« Tu as encore sauté sur le lit ? demanda Max.

— Une fois seulement », dit le lion.

À une heure, les premiers invités arrivèrent.

Max les accueillait dans l'entrée.

Ils étaient tous superbes.

Eva était en Superman et Anders en Robin des Bois. Mouritz, qui était en accidenté de la route, déclara qu'il avait utilisé un tube entier de ketchup.

Enfin Benny arriva en blouse blanche. Il était psychologue.

« On sera dans le sous-sol », dit Max.

Il expliqua à Mona qu'il n'était pas Obi Wan de *La Guerre des étoiles*, mais Galilée, de Pise.

Les enfants commençaient à descendre l'escalier quand on sonna de nouveau à la porte.

« Je vais ouvrir ! » cria la mère de Max.

Il se mordit nerveusement le pouce lorsque, d'un geste large, elle ouvrit grand la porte.

La petite Bétrice était là, déguisée en plus petit agneau de Pâques du monde, avec un gros nœud rouge autour du cou. Mais, derrière elle, se dressait un grand bêta de lion avec un bouquet de verdure dans la patte avant droite.

« Euh, bienvenue à toi, Bétrice, dit la mère, décontenancée. Et à toi aussi... euh, Oscar. »

Oscar s'inclina en disant :

« Tenez, madame la mère de Max, je l'ai cueilli moi-même.

— Ah mais... merci beaucoup, dit-elle en prenant la touffe d'herbe mouillée qui perdait de la terre et des racines. C'est toujours agréable... un peu de verdure à cette saison.

— Oui, ça vient de là-bas », reprit Oscar en hochant la tête et en montrant le jardin du voisin d'en face.

Le père de Max arriva alors et salua la petite Bétrice déguisée en agneau.

« Bonjour, Bétrice, dit-il. Comme tu es belle ! J'en suis bouche bééée ! Ha ha ha ! »

Il éclata de rire et lui caressa la toison. Au même moment Oscar tapa sur l'épaule du père de Max, qui faillit en avaler sa pipe.

« Bonne blague, fit le lion. Le coup de l'agneau... Bééée ! Ha ha ! Vous êtes un type marrant, monsieur le père de Max. »

Max regarda son père, qui ôtait la pipe de sa bouche, et lorgna vers Oscar, qui lui sourit en hochant la tête.

« Tiens, c'est donc... le nouveau... Oscar, marmonna son père.

— Oui, c'est moi », fit Oscar avec un large sourire à l'adresse des parents.

Ensuite il croisa les pattes et ajouta :

« C'est charmant... chez vous. Au fait, c'est moi qui ai apporté la plante à votre femme.

— Ah bon... bon, oui, bon, bégaya le père de Max. Tu es peut-être venu avec Bétrice ?

— Bétrice ? C'est qui, Bétrice ?

— La petite Bétrice que voilà, dit le père, notre petit agneau.

— Ah elle, la côtelette, ha ha ! fit Oscar en riant. Non, je l'ai seulement suivie. Elle a un beau costume. (Oscar la chatouilla sous le menton.) Ça aiguise toujours l'appétit. »

Oscar rit bruyamment et tapa encore une fois le père de Max dans le dos. Max s'empressa de suggérer que tout le monde descende au sous-sol rejoindre les autres.

En bas, la pièce était décorée de serpentins, de ballons et de drapeaux. Et, au milieu de la grande table, il y avait deux plats remplis de brioches de Mardi gras et un énorme gâteau à la crème avec des bougies rouges. À côté de chaque assiette, une grande tasse colorée était garnie d'une paille torsadée.

Max prit place entre ses parents, au bout de la table, et quand tout le monde fut installé, son père se leva pour leur souhaiter cordialement la bienvenue et dire qu'il espérait qu'ils allaient passer quelques heures agréables ensemble.

« Et maintenant on y va, les gars ! Il y a du gâteau et des brioches pour tout le monde ! » s'exclama Oscar.

Tous les enfants se regardèrent et, au lieu d'un cri de joie, il y eut un silence de mort.

Max pria Oscar de se rasseoir.

Et sa mère déclara que ceux qui portaient des masques avaient le droit de les enlever s'ils voulaient manger quelque chose.

Max jeta un coup d'œil à Oscar. Le lion était assis à côté de Benny, qui lui posait une question que Max n'entendit pas. Mais il entendit distinctement Oscar répondre que les nerfs fragiles, il ne connaissait pas.

Ce fut un goûter assez mouvementé. D'abord parce que Oscar mangea la moitié des brioches, ensuite parce que chaque fois que le père prenait une photo, il se précipitait pour être dessus. À un moment, il passa la patte avant autour de l'épaule de la mère de Max en disant :

« On s'amuse bien, hein ? »

Max la regarda avec inquiétude. Elle lui donna l'impression d'avaler de travers quand elle demanda à Oscar ce qu'il pouvait bien sentir.

« J'ai du déodorant dans la gueule », répondit-il en riant.

Et, cinq minutes plus tard, la petite Eva rapporta que le nouveau déguisé en lion avait mangé deux pailles et une des bougies. Le père de Max vint ensuite prier son fils de dire à Oscar de se modérer, car le lion montrait son meilleur tour, qui consistait à décapsuler toutes les bouteilles de soda de sa griffe recourbée.

À la fin, tous applaudirent son exploit et la mère de Max saisit son collier de perles pour la cent-dix-septième fois et demanda à Max où il avait bien pu faire sa connaissance.

Il n'eut pas l'occasion de répondre, car au

même moment le tonneau de Mardi gras fut hissé et tous les enfants formèrent une longue file, le psychologue en tête.

« Bon, on va cogner sur le tonneau pour en faire sortir le chat, dit le père de Max.

— Oui, mais ce n'est pas pour de bon, hein ? dit Oscar. Il n'y a pas de vrai chat dedans ? »

Le père répondit qu'il n'y en avait évidemment pas, et Max songea qu'Oscar avait beau être grand et fort, il était quand même bien petit et en tout cas le plus mignon de tous. Le père envoya le lion faire la queue.

Les enfants se mirent alors à cogner de toutes leurs forces, si bien que le tonneau se balançait et que la corde se tendait. Ce fut enfin le tour d'Oscar, et il frappa si fort que les planches, le couvercle, les oranges, les serpentins, les ballons et les drapeaux donnèrent l'impression d'exploser et se mirent à voler dans toute la pièce.

« Voilà comment il faut faire, les gars ! hurla-t-il tandis que les enfants battaient des mains, ébahis.

— Il reste une toute petite planche ! s'écria

le père de Max d'un air triomphal en voulant reprendre le bâton que tenait Oscar.

— Il n'y a qu'à la faire sauter, dit le lion en lui lançant un clin d'œil enjoué.

— Non, non, dit le père de Max. Il faut respecter la règle : c'est au suivant ! »

La prudente petite Bétrice obtint le bâton et, avec l'aide du père, elle fit tomber d'un grand coup la dernière planche par terre.

« Bravo ! crièrent tous les enfants. C'est Bétrice le "roi au chat" ! »

Et le père de Max souleva Bétrice sur ses épaules, tandis que sa mère apportait deux couronnes, une grande et une petite.

Oscar se fraya un passage jusqu'à Max.

« Et moi, qu'est-ce que je suis alors ? demanda-t-il, déçu.

— Tu es la "reine au chat", répondit Max.

— Mais... c'est l'agneau qui a la grande couronne ? »

Max regarda Oscar, qui avait l'air très malheureux.

« C'est la règle, Oscar, dit-il. Mais toi aussi, tu auras une couronne. Ne t'en fais pas ! »

Oscar attira Max dans un coin.

« Écoute-moi un peu, dit-il. C'est moi qui ai fait tomber tout le bazar, mon vieux. C'est de la triche. L'agneau arrive à peine à tenir le bâton. Je suis le *roi,* Max. »

Oscar alla taper sur l'épaule du père.

« Allez, donnez-moi la grande couronne ! C'est moi le roi !

— Assieds-toi, Oscar ! dit le père de Max en poussant le lion. Tu es la “reine au chat”, un point c'est tout ! C'est comme ça ici, chez nous. Tiens, voici ta couronne ! »

Max regarda Oscar mettre la toute petite couronne, plutôt ridicule, sur sa belle tête. Et pendant que les autres applaudissaient Bétrice et que le père leur proposait de jouer à colin-maillard, Oscar s'assit sur une chaise dans un coin.

Max le rejoignit.

« Tu ne veux pas venir jouer à colin-maillard, Oscar ? » demanda-t-il.

Oscar secoua la tête en baissant les yeux.

La mère de Max s'approcha d'eux et dit à Oscar qu'il avait un très beau costume. Oscar se dérida aussitôt.

« Vous trouvez ? fit-il, tout content.

— Oui, absolument. C'est ta mère qui l'a fait ?

— Euh, oui, on peut bien le dire. Mais mon père l'a aidée.

— Vraiment ? fit la mère de Max en souriant. C'est amusant. Euh... que fait ton père au juste, Oscar ?

— Ce que fait mon père ?

— Oui, quelle sorte de travail ?

— En fait, il ne fait rien, marmonna Oscar. Il dort la plupart du temps.

— Ah bon ? dit la mère en lançant un bref coup d'œil au père de Max.

— C'est ma mère qui s'occupe de tout, continua Oscar.

— Oui, oui, soupira-t-elle en regardant à nouveau le père de Max. C'est souvent le cas. Mais ton père fait bien quelque chose de temps en temps ?

— Oui, de temps en temps il va chasser. Mais il est très vieux. »

La mère de Max hocha la tête d'un air entendu mais tâta soudain la crinière d'Oscar.

« En quoi c'est exactement ? En laine ? En coton ? Ça fait vraiment très naturel.

— Euh... à vrai dire, je n'y ai jamais réfléchi, marmonna Oscar.

— Tourne-toi un peu, Oscar ! En fait, c'est moi qui ai cousu le costume de Max. Il est censé être déguisé en Galilée, si tu sais qui c'est.

— Je sais bien qui c'est, dit Oscar.

— Où est la fermeture Éclair ? »

Oscar la dévisagea.

« La fermeture Éclair ?

— Oui. Ou les boutons ?

— Il n'y a pas de boutons, madame la mère de Max.

— Mais... mais comment es-tu entré là-dedans ? »

Elle commença à tâter le ventre d'Oscar, qui éclata de rire.

« Oh ! oh ! Arrêtez... ça chatouille.

— Ça alors, il doit bien y avoir des boutons ou des agrafes.

— Non, arrêtez... ça chatouille... ça chatouille... »

La mère de Max continua, et plus elle cherchait, plus Oscar riait. Mais finalement il bondit en hurlant :

« Ça suffit ! »

Un silence complet régna dans le sous-sol, car Oscar avait crié extrêmement fort. Maintenant il avait l'air très gêné.

Max s'approcha de lui.

« Il est peut-être temps de rentrer chez toi, Oscar ? » dit-il.

Oscar regarda tous les enfants, qui avaient les yeux rivés sur lui.

« Rentrer... chez moi, Max ? dit-il.

— Oui, fit Max. Rentrer chez toi. »

Oscar hocha la tête.

« Bon, dit-il. C'est possible que le moment soit venu. »

Il ôta la petite couronne et la rendit à Max.

Ils montèrent l'escalier.

Dans le sous-sol, les enfants se remirent à jouer.

Le père de Max avait mis un disque pour eux.

Max et Oscar entrèrent dans la chambre.

« Je remonterai te voir dès que les autres seront partis », dit Max.

Oscar hocha la tête, s'allongea sur le lit et contempla le vieux Galilée.

« Tu es triste, Oscar ? » demanda Max.

Le lion poussa un profond soupir mais fit non de la tête.

« À tout à l'heure, hein, Oscar ?

— Ouais, grommela le lion. À tout à l'heure... Max. »

Peu après, Max était de retour dans le sous-sol où tout était redevenu normal. Il y avait des garçons qui jouaient à embêter les filles, d'autres s'étaient attaché des ballons aux chevilles, et d'autres encore étaient assis sous la table et faisaient des bulles en soufflant dans leur soda.

Max les regarda. Sa mère le rejoignit.

« Alors, Max, tu as réussi à le renvoyer, ton Oscar ? »

Max hocha la tête.

« Franchement, ton père et moi, on n'aime pas trop que tu joues avec lui, Max.

— Je ne joue pas avec lui, au fond, répondit Max. Il est là, c'est tout. Comme les étoiles et la lune, et tout ça... »

Sa mère passa un bras autour de ses épaules.

« Dans un mois, dit-elle, quand ton père ira en Allemagne, il te rapportera peut-être quelque chose. Quelque chose qui te fera plaisir, je crois.

— C'est quoi ? » demanda Max.

Sa mère se mit à rire.

« Je ne te le dirai pas, mais je peux quand même t'indiquer que c'est lourd, carré, et qu'il y a une vitre ou un écran devant, avec plein de boutons. Ça n'a pas l'air mal, hein ?

— Est-ce qu'il y a des images en couleur dessus ? » demanda Max.

Sa mère rit encore davantage.

« Petit chenapan, je ne te dirai rien de plus, sinon ton père sera fâché après moi. C'est censé être une surprise, n'est-ce pas ? »

Max hocha la tête, tout en s'imaginant lui-même sur un écran. Ça lui parut si bizarre qu'il resta sans bouger, alors que les autres couraient et jouaient en tout sens.

À ce moment-là, son père frappa dans ses mains et monta sur une chaise. Tous les enfants se pressèrent autour de lui.

« Du calme, du calme ! cria-t-il. Maintenant on va jouer à la chasse au trésor ! »

Les enfants se mirent à sauter en poussant des cris de joie.

« Tu ne joues pas avec nous, mon petit Galilée ? »

Max hocha la tête et se joignit à ses copains.

« Attention ! cria le père. Qui seront les premiers à trouver les pochettes-surprises ? »

Longtemps après, une fois la nuit tombée, alors que les parents étaient venus chercher leurs enfants fatigués et que la maison avait retrouvé son calme, Max était dans le salon avec sa mère et son père. Eux aussi, ils étaient fatigués. Le père de Max dit qu'il était éreinté. En fait, ils se retrouvaient assis exactement comme pour le petit déjeuner, bien des heures plus tôt. Max avait sa belle pochette-surprise, avec des bonbons et une petite voiture en plastique.

« Quelle journée ! » gémit son père.

Sa mère soupira et posa les pieds sur la table basse.

« Ce sera un vrai soulagement d'aller travailler demain », reprit son père.

Max dit qu'il voulait aller se coucher.

Sa mère l'embrassa.

« Je crois que notre petit bonhomme est vanné, dit-elle. Mais la journée a été longue. N'oublie pas de te brosser les dents ! On met ta pochette-surprise au frigo pour que le chocolat ne fonde pas ? »

Max fit oui de la tête et se leva. Il tenait sa perruque à la main.

« J'irai te dire bonne nuit », fit son père en allumant sa pipe.

Max suivit le couloir jusque dans sa chambre.

Il marchait très lentement car il était vraiment très fatigué. Mais aussi parce qu'il savait qu'il trouverait une chambre vide. Qu'Oscar serait parti. Parti pour toujours !

En s'asseyant sur le lit, en regardant la table de nuit, le cartable et la pile de bandes dessinées, il lui sembla un instant qu'Oscar n'était jamais venu.

Pourtant il se mit à regarder dans le placard.

On ne savait jamais avec Oscar. Mais il n'y avait personne. Sous le lit non plus.

Max se déshabilla et enfila son pyjama.

Puis il alla se brosser les dents.

Et il dit bonne nuit à son père et à sa mère.

Et il remonta la couette jusque sous son menton et pensa que désormais tout était rentré dans l'ordre.

Mais bien plus tard, lorsque ses parents aussi furent couchés et que tout le quartier fut endormi, Max se glissa hors de son lit.

Il avait dormi, mais il ignorait combien de temps.

Il alla dans le salon, prit la longue-vue de son père, s'en retourna dans sa chambre et leva le store.

La nuit était étoilée.

Il s'assit sur le rebord de la fenêtre avec la longue-vue, regarda dans son œil tout rond et aussitôt les étoiles se rapprochèrent de plus en plus.

Il resta longtemps ainsi, à faire venir l'espace à lui, quand soudain... il aperçut Oscar, le lion superbe qui marchait fièrement tout là-bas, à la limite entre la terre et le ciel. Le vent soulevait sa crinière poussiéreuse, mais Oscar avançait la tête haute et Max le suivit en riant dans la grande savane où il s'allongea parmi les autres lions sous le baobab à la cime enchevêtrée.

« Nous deux, Oscar, murmura Max, le sourire aux lèvres. Nous deux, à la vie à la mort. »

Bjarne Reuter

Bjarne Reuter est né en 1950 dans la banlieue de Copenhague, au Danemark. Il quitte le métier d'enseignant devant le succès immédiat de son premier roman *Kidnapping,* en 1975. Depuis, il a écrit de très nombreux romans et pièces de théâtre pour la jeunesse qui lui ont valu d'être plusieurs fois nominé par la section danoise de IBBY pour le Prix Hans Christian Andersen. Bjarne Reuter est également traducteur, scénariste pour le cinéma et la télévision. Touche-à-tout insatiable, il compose également la musique de ses pièces de théâtre et travaille à la radio, à la programmation d'une émission pour les jeunes. Il vit aujourd'hui à Lyngby, au Danemark.

Composition JOUVE – 53100 Mayenne
N° 298277a
Imprimé en Italie par G. Canale & C.S.p.A.-Borgano T.se (Turin)
octobre 2001 - Dépôt éditeur n° 16089
32.10.1935.9/01 - ISBN : 2.01.321935.0
Loi n° 49-956 du 16 juillet 1949 sur les publications destinées à la jeunesse
Dépôt légal : novembre 2001